從陰間來

衛斯理著

MW01687477

自序

這個衞斯理故事，不用第一人稱記述。小說的寫法千變萬化，曾看過通篇用第二人稱「你」字寫的，很特別。

用第幾人稱並不重要，重要的是小說本身好不好看。請大家看了之後說說看。

倪匡一九九一年

七月二十五日

目錄

一、來歷不明的超級美女

聽說，有這樣一件事：

有一個巨大的星體上的高級生物，駕駛宇宙飛船在茫茫的宇宙之中飛行，在經過地球的時候，發現這個微塵一樣的星體上，居然有生命的訊息發出來。由於地球實在太小，外星宇宙探索者認爲根本不值得爲它改變航道，於是，他們派了一艘無人駕駛的小飛船，掠過地球，去觀察地球上生物的情形。

小飛船接近地球的時候，恰好地球上陰雲密佈，只有幾個大城市的上空，雲層比較稀薄，可以進行觀察。小飛船在跟蹤地球兩個自轉之後，輸送回宇宙飛船的報告，是這樣的：

這個小星體中的生物，十分奇特，他們的身體一定是透明的，因爲可以直接看到他們細胞的活動。

（來自巨大星體，本身身形巨大之極的外星探索者誤會了，他們以爲一個大都市，是一個「地球人」。）

（這種誤會，可以說是一種必然的現象——不論是哪一個星體上的高級生物，在研究外星生物時，總是根據自身的形狀來作想像的標準——像我們，由於自己的形體有頭有脚，所以在假設外星人的時候，也必然有頭有脚，至多頭是尖的，三角的，兩個頭或三個頭，脚有八隻，形如觸鬚等等，脫不了這個範圍。因爲地球上的所有高級生物都有頭，所以難以想像外星的高級生物可以根本沒有頭。）

（巨大的外星探索者由於他們自己的身體十分巨大，巨大得像地球上的一座城市，所以他們就把地球上的一座城市，當作了是一個地球人。）

（看！地球人就很難想像有一種外星生物，巨大如一座城市，是不是？）

那份報告這樣形容：這小星體上，生物的細胞可以被直接觀察，細胞的移動有規則，在光亮的時候，細胞活動增強，在黑暗時減弱。他們有些細胞，在黑暗中有發光的功能，因此可以證明光對他們的生命，十分重要。他們細胞的細胞核，會隨時離開細胞，但又會回來……

這份外星探索者對地球生物的了解，相信每一個地球人看了，都會駭然失驚，哪有這樣的事，他們把汽車當作是細胞，眞正的高級生命，變成了細胞核！

可是仔細想一想；倒也很有點道理——大城市中的每一個人，可都不是這座城市的細胞嗎？每天在這座城市之中，作有節奏的移動，組成一種和諧的節奏。每一個「細胞」之間，看來毫無關連，但實際上，都有着千絲萬縷的聯繫，偶然有突變，就會產生十分奇特的故事。

大城市的生活節奏，看來十分凌亂複雜，但實際上却簡單而且每天在重複，每一個細胞，都在盡自己的責任，爲維持城市的生命力而活動。相互之間的聯繫無形而又堅強，很難有單一的「細胞」可以突破。

這一天，却有了小小的例外。

發生兩三件小事，相互之間，看來並沒有任何關係，但是後來却證明，這些小事，性質相同。

先說第一件小事——任何事，發生在與己無關的他人身上，都是小事，大到航機失事，死亡六百人，對非洲西部一個村落中的村民來說，是小事，還不如這條村死了一頭老狗來得轟動。

所以，小事的當事人和他的親人，認爲是一件大事，與之無關的人，根本不會放在心上，就算這事可以刊登在報上，看到的人，嘆息一陣子，也就完了。

任何事件，都可作如是想。

事件一開始，是在一幢大廈之中，那幢六十多層高的大廈，聳立在城市的心臟地帶，其中有若干層，全是各類專科醫生的醫務所。

行醫是一種受人尊重的專業，這種專業和人的生命有關，所以醫生也成為受人尊重的人物。

在這幢大廈中進出的，全都是名噪一時的名醫，醫術高明，救人於苦痛之中，人人都樂於結識他們，和他們打一個招呼。

所以，在大堂中，在電梯內，「某醫生早」、「某醫生好」的寒暄聲，不絕於耳。被招呼的某醫生，就算印象之中完全沒有對方的存在，也必然點頭含笑為禮，毫無例外——不，有一個例外，今天的王醫生是一個例外，反常之至。

這位王醫生，並不是普通阿狗阿貓一個姓王的醫生，他是腦科專家，在他的專業上，有世界性的崇高地位，他有幾篇論文，被他的同業，認為大逆不道，因為他提出了人的記憶組，可以游離於大腦組織之外的假設——那對實用醫學來說，簡直是一種反叛。

在一次國際性的會議上，他曾遭受來自世界各地同業的圍攻，指斥他的不是，可是他只發表了一篇簡短的演說，就令所有人啞口無言。

他說：「現代醫學的解剖學，已經夠進步了吧？可以把人體的每一個細胞剖開來，可以找到細胞核，可以看到染色體，甚至可以把脫氧核糖核酸分離出來！可是請問：人的記憶在哪裡；誰在解剖人體的過程中發現了記憶的存在？」

會場肅靜，達三分鐘之久，像是在爲現代醫術默哀。

王醫生並沒有把他的理論玄學化，因爲他是一個醫生。事實上，許多玄學家早已指出，人的記憶組，就是人的靈魂，不但可以脫離人的身體而獨立，還可以有許多難以想像的變化。

所以，後來又有些人攻擊王醫生應該改行去做靈學家，他只是一笑置之。

王醫生的大名是王大同——一個十分普通的名字，這個名字，近年來在城市中幾乎無人不知，是因爲他年過四十，一直獨身，去年却娶了一位衆所公認的美女，電影大明星李宣宣爲妻。

王大同作爲一個出色的專業人員，世界知名，但是在這個城市，當他的名字和李宣宣連在一起的時候，才有更多的人知道王大同是何許人也——當然，對他的專業學識，普通人一樣無法了解，只知道他是醫生而已。

至於新娘子李宣宣，這位艷光四射，不論她是濃妝艷抹，還是淡掃蛾眉，都叫人見了神爲之奪的美人兒，不但美麗得到城市公眾的承認，而且，有一重，或者好幾重神秘的霧，環繞在她的周圍——眞是神秘之極，竟然沒有人知道她的來歷！或者說，至少公眾完全不知道她的來歷，這也就是說，所有傳播媒介的工作者，用盡了方法，出盡了八寶，都無法得到她來歷的任可資料！

這眞叫人着迷，每一個人都有來歷，李宣宣自然也有來歷，只不過是不爲人知而已。

她是怎麼爲公眾所知的呢？她從一個小規模的選美會中冒出來。參加這種小規模的選美，參選資格不那麼講究，主辦人看到了李宣宣這樣的美女，早就呆了，所以當李宣宣提出，一切資料都保密時，主辦人一口答應。

而這次小型的選美會，由於李宣宣的出現，取得了空前的成功——並不是選美會的成功，而是宣傳上的成功。因爲選美行動還沒有開始，李宣宣一亮相，其餘十來位候選者一看之下，就自知絕無希望，紛紛退出，以致形成了世界選美史上從未出現過的奇景，只有李宣宣一個候選人！

這就夠轟動的了！

而且，李宣宣眞的美艷無方，不論體態肌膚，五官臉龐，甚至頭髮脚趾，無一處不美——她能令其他的候選人退出，承認她的美麗，可知她眞是美的化身，要同是女性，承認另一個女性美得自己無法相比，眞是談何容易，比登天難多了！

自從那次之後，在大城市中，一個出色美女的遭遇，自然有它一定的公式。

李宣宣的生命歷程，就依照這個「美女公式」進行，不出一年，她名成、利就，由她主演的兩部電影，都贏得了國際聲譽，令人吃驚的是，這位神秘得叫人喘不過氣來的美女，演技之精湛，無與倫比，和她的美麗一樣，立刻得到了公認。

所以，不但是本城的傳媒，拚命竭力想揭開她身上的神秘迷霧，連國際傳媒，也加入努力。李宣宣對一切有關她來歷的問題，照例報以她迷人的微笑，這種微笑，被傳媒形容爲「精神核彈」，當者披靡，無人能敵，也有武俠小說迷，稱之爲「迷魂一笑」，形容其瓦解他人意志的威力。

這樣的一個美人，儘管來歷不明，但是活色生香，放在那裡，哪能不引起異性的追求？追逐她裙邊的各式男性之多，也只好老土一點，用上一句「如蟻附羶」的成語來形容了。

李宣宣應付各種各樣追求者的方法，以不變應萬變，只有一招——不論進攻者的招數如何怪，如何異軍突起，她都只是一招。

舉例說明之？好。有一位才喪偶的豪富，在國際珠寶市場上，斥巨資購下了一顆鑽石。

這顆鑽石非同小可，來頭甚大，長梨形，重九十點三八卡拉，原產印度，光潔無瑕，歷史悠久，在十字軍東征時已經有這顆鑽石的記載，原名「印度之星」之類，十六世紀時曾經出現，但是接下來的四百年，這顆稀世奇珍，竟然下落不明，不知所終，一直到一九五〇年，才又奇蹟一樣出現。

在最近一次的拍賣之中，那位豪富究竟以甚麼價錢把它買到手的，並不公開，保持神秘，因爲豪富當時把鑽石改名爲「神秘的宣宣」，爲了名副其實，自然在價值方面也要維持其神秘性。

而據行內人的估計，這顆鑽石的購入價，接近一億英鎊，可能是人類自有珠寶交易以來，購單一的一件珠寶所付出的最高代價。

所以，這件事早已轟動，而把鑽石改名，用意何在，也是人所皆知。

於是，在一個盛大的宴會之中，豪富當眾把鑽石雙手呈現在李宣宣面前，十分若無其事地，面帶從容不迫的笑容：「一顆鑽石，說是在已發現的鑽石之中，排名第六，我把它改了一個名字：神秘的宣宣，希望你喜歡！」

豪富說了之後，全場肅靜，人人屏住氣息。

事後，所有參加了那次宴會的女性，都一致公認，無法抗拒這樣的禮物，因爲那顆鑽石實在太動人了——豪富手上所捧的，簡直是一團火，一團光，一團宇宙恆古以來贈與地球的瑰寶！

人人都等着李宣宣伸出她的美麗的玉手來，接過鑽石，再在她俏艷的臉上，綻出美麗的笑容，朱唇輕啟，說聲「謝謝」，那位豪富就會趁機輕擁着她，翩翩起舞——樂隊早就準備好了。一舞之後，自然順理成章，李宣宣就可以成爲豪富幾百億財富王國的王后了！

可是，李宣宣却久久沒有出聲，鑽石離她的臉很近，光芒映得她明澈的雙眼之中，彩色變幻，形成令人目眩的奇景。

過了好一會，豪富又有點冒汗了，才聽得她道：「我有接受的理由嗎？」

豪富吸了一口氣：「當然有，只有妳，才配得起它！」

李宣宣像是等的就是這一個答案，她展顏微笑，活生生的俏笑，所散發出來的光芒，顯然蓋過了鑽石的光芒，她語言不多，可是人人聽得淸楚，她道：「是嗎？你剛才說這鑽石在世上排名第六，而我，一直以爲自己是排名第一的！」

她說着，就半轉過身去，再也不看那鑽石，却道：「音樂怎麼停了？」

她這一問，比甚麼人的命令都有效，樂隊立刻奏樂，李宣宣的目光隨便一掃，就落在一個器宇軒昂的中年人身上——和豪富差不多年紀，可是滿面油光的豪富，這時已不像樣子了。

李宣宣向那中年人走去，那中年人就是王大同醫生，兩人輕擁，轉進了舞池。

有心人留意到，豪富捧着那鑽石，呆立了足有一分鐘之久，人人都望也不敢望他，怕他更難堪。

鑽石自然也有世界排名第一的，那是「非洲之星」，重五百三十點二卡拉，鑲在英國皇室的權杖上，藏在倫敦塔內，豪富的財富再增加十倍，也無法弄到手來改名贈佳人，自然只好僵立如木乃伊了。

李宣宣和王大同多半就在這一次認識的。

豪富後來藉詞考察業務，環遊世界去了，一去經年，無面目見人，直到王大同和李宣宣結了婚之後才回來。雖然沒有甚麼人當面奚落他，但是背後的輿論，十分夠嗆。甚至有的說，豪富大方一點，就該把那顆鑽石當作禮物送上去，那才夠派頭！

背後說的閒話，自然全是風涼話，可以置之不理，看李宣宣的行事作風，豪富若是真的這樣做了，只怕會再碰一鼻子灰

自從豪富當眾碰了這樣的一個釘子之後，其後的追逐者，自然知難而退，於是王大同順理成章，成了李宣宣身邊的唯一男伴。

可是，還是過了好久，足足一年多，王大同才向李宣宣求婚，說起來很有趣，

王大同終於提出求婚，是給他的一個同行罵出來的。

那個把王大同痛罵了一頓的，就是鼎鼎大名的原振俠醫生。

一個人數不多，全是專業人士的聚會，可以各攜女伴出席，原振俠醫生那天衣衫不整，好幾天沒有剃鬚，一身酒氣，提着一瓶酒，搖搖幌幌地走了進來，令得所有的女性，都不由自主吸了口氣。

那正是原振俠一段最情緒低落，好幾次想到要自殺的日子，英俊之中，帶點滄桑和憂鬱，也就更能令女人心醉，可是個個都把視線投向他——因為身邊早有伴侶，沒有人敢走近他。

原振俠也很少理會各人，自顧自坐在一隅喝酒。等到王大同和李宣宣來到，各人的目光，又被李宣宣吸引了過去，原振俠只是向李宣宣淡然望了一眼，就向王大同道：「你一定要我來，有什麼事？」

王大同一進來就看到了原振俠，直趨原振俠的身前：「原，介紹你認識李宣宣！」

李宣宣來到近前，儀態萬方，原振俠只是為了禮貌，才不情不願地站了起來，點了點頭，隨即又坐下。

這時，聚會的人都集中到他們身邊來，王大同又道：「宣宣有一個外號，叫神秘美人。聽說你有過許多古怪的經歷，上天入地，無所不能，你能揭開她神秘的謎霧嗎？這對你是一項挑戰！」

原來王大同這個人，生性十分拘束，頭腦也相當古板，李宣宣花容月貌，而且經過一年多的交往，他也深深感到李宣宣還有極深邃的內在美，秀外慧中，王大同也知道，若是能娶妻若此，夫復何求。

但是有一點，却令他一想起來，就寢食不安。那就是：李宣宣來歷不明！

他知道原振俠神通廣大，所以才邀了原振俠，想借他的力量，來解開他心中的謎團。

原振俠一聽，就冷笑了幾聲。

他喝着酒，一連喝了五六口，這才冷冷地道：「當然可以，她是狐狸精幻化的！」

這句話一出口，各人都知道王大同碰在釘子上了，人人都不敢出聲。王大同神情尷尬，只有李宣宣，巧笑倩兮，美目流盼，吐字如銀鈴：「不對！再猜！」

原振俠笑：「吸血殭屍，我聽說吸血殭屍有極美的，嗯，也不對，是厲鬼，畫了美人的皮，披上身，就地一滾，就成活色生香的美人，也不是？」

原振俠信口開河，李宣宣却十分認眞地否認，一唱一和，大是合拍，旁人聽得大樂，王大同則無地自容。

原振俠還在繼續：「嗯，我有一個朋友，亞洲之鷹羅開，他有一個蜜友，是到了地球已超過三千年的外星美女，你是她的同族？也不是，對了，茫茫宇宙之中，有一個三晶星，三晶星人精於製造機械人，你是三晶星機械人？」

王大同忍不住抗議：「不，宣宣是活生生的眞人，怎麼會是機械人！」

原振俠陡然轉過身來，用不屑而凌厲的目光盯着王大同，聲色俱厲：「她是活生生的眞人，我看你倒是假人，面對這樣的美女，還要念念不忘去追究她的來歷，王大同，你不配！」

王大同給原振俠罵得臉上一陣紅一陣白，一口氣嗆住了，無法出聲。

原振俠又罵：「我看你是鬼迷了魂，油脂蒙了心！如果你認爲她來歷不明，你就不敢愛她，那麼，請退位讓賢，我第一個做後補！」

李宣宣笑得更歡暢，大家都自然而然，跟着她笑，同時以不屑的眼光投向王大同。李宣宣笑着說：「原醫生，要不是我怕你的女巫之王向我施巫術，我一定會另有打算，不會給人家嫌棄！」

原振俠有美艷的女巫之王，那是各人都知道的事，所大家又轟然大笑。

王大同急急分辯：「我沒有嫌棄你，只不過是一時好奇，誰管你是甚麼來歷，宣宣，我向你求婚，求你嫁我為妻，求你！」

王大同醫生說着，撲通一聲，就直挺挺地跪了下來！

這一來，眾人更是起哄，大樂，而李宣宣側頭想了一會，就點頭答應了。

轟動一時的婚姻，就是這樣開始的。

李宣宣的結婚照片，排山倒海地出現在各種傳播媒介上，被譽為最美麗的新娘。

二、兩通怪電話

常言道江山易改，本性難移。王大同娶得美人歸，每一個人看來，他如同掉進了一缸蜜糖之中，生活甜得再也化不開。

可是他卻不死心，還是想弄明白李宣宣來歷，於是，他暗中委托一個私家偵探，去查李宣宣的來歷。他當然不會委托等閒人物，委的是世界頂尖的偵探社社長小郭。

小郭在當私家偵探之前，就是著名的傳奇人物衞斯理的朋友，處理過許多棘手的奇異案件。小郭也早聞說城中著名的美女來歷神秘，所以一口答應。

很快，小郭就查出，李宣宣若干年前，進入本市，在入境的時候，使用了太平洋一個小島國的護照。可是查到這裡，也就爲止了，因爲那小國在十年之中，經歷了三次政變，護照早已全部更換，所有檔案資料，全部散失，再也無從追查了！

於是，李宣宣成爲王大同醫生夫人之後，神秘依舊。王大同工作之外，享受着美人的軟言淺笑，無比溫柔，不多久，總算也漸漸把這一點淡忘了。

李宣宣雖然已息影，但仍是各種傳播的焦點人物，她也不斷參加社會活動。

直到那一天，誰也沒有發覺有甚麼不對——就算是那一天，一開始也沒有人發現甚麼不對，只不過在大廈的大堂和電梯之中，有人向王大同打招呼，王大同並沒有點頭回答，而是雙眼發直，一聲不出。

所以，到了三十樓，王大同的診所那一層，有幾個醫生和王大同一起走出電梯，其中有一個忍不住伸手在王大同的肩頭上，拍了一下，想問他是不是有事。想不到，這種朋友之間最普通的動作，卻引起了王大同極強烈的反應！

平日行為十分莊重的王大同醫生，在輕輕一拍之下，先是陡然大叫一聲，那一下叫喚，不但令拍打了他一下的那位朋友，嚇得連退三步，若不是倉皇之間，背撞在一個胖女人的身上，也怕就會跌倒在地。而其餘出電梯的人，一律站在原地不動，因為不知道發生了甚麼事——人在災變之時，呆立不動，是當然的反應。

然後，王大同又發出了第二下叫喊聲，比第一下更淒厲，更可怕，這一下叫喊，引得幾個女性，不由自主，也跟着尖叫了起來。

再接着，王大同的行為，更看得所的人，目定口呆，只見他雙手揮舞，動作的幅度並不大，只是在他面前舞動，像是想揮去什麼，可是在他的身前，卻又分明空無一物，沒有什麼可怕可厭的東西在。

他這樣，足足舞動了兩三分鐘。

這時，所有人已定過神來，也有更多的人，自別的電梯中走出來，而且，有許多醫務所的門也都打開，因爲剛才王大同的兩下叫聲十分可怕，驚動了各人。

於是，至少有上百人，瞠目結舌，看着王大同醫生一個人「表演」。

有兩個人的交頭接耳，很可以形容王大同那時的動作。一個道：「他在趕什麼？好像有一群無形的蚊子，正在繞着他飛！」

另一個道：「不像是蚊子……像是一群怪蟲，你看，他的神情多麼恐怖！」

確然，王大同醫生的神情，恐怖之極，在交頭接耳的兩個人，想像力不夠豐富，不然，定會說：「像是一群妖魔，一群厲鬼，正在他的眼前飛舞！」

如果不是妖魔鬼怪，王大同的神情何以如此驚怖？

王大同醫務所的門也打開，他的護士看到了這種情形，驚叫着奔了過來。那時，旁觀者也已鎮定，在走廊中，至少有十個醫生在，而且全是第一流的，他們自然都認識王大同，一時之間，也紛紛叫着王大同的名字，一起圍過來。

有那麼多一流醫生圍了上來，那形勢，就像是一具木乃伊也立時可以「妙手回春」地復活一般。

王大同在這時，也已略為鎮定，喘着氣，冒著汗。他的情形，任何人一看，就可以知道那是體力消耗之極後的現象。他冒汗的程度可怕，甚至連他西裝上裝背部，都有濕痕現出。

他的臉上，滿佈汗珠，他現出極無助的的神情四面張望。在他頭部轉動的時候，他頭臉上的汗珠，甚至四下洒開，落在離他較近的人身上。

他那種像是跑了十次馬拉松長跑的神情，又令得所有人手足無措。最先勇敢地扶住了他的，是他的兩個護士，那兩個護士的行動雖然勇敢，可是却一樣急得語帶哭音：「王醫生，你怎麼了？」

有的人喝：「快扶他進醫務所去，讓他喝水，天！他反常地在消耗體內的水分！」

醫生都知道，體內水分迅速消耗的結果是何等可怕，所以護士急急把王大同扶進了醫務所。

這時，跟進醫務所去的，都是和王大同極熟的幾個醫生——包括那個在王大同肩頭拍了一下的闖禍坯在內，其餘人，當作鬧劇已閉幕，紛紛散去——自然不免私下議論。

進了醫務所，喝了水，王大同的臉上，漸漸有了人色，他向身邊的人望了幾眼，沒有說話，只是揮了揮手，請各人離去，然後，他自己脚步跟蹌，走進了他的診症室，把所有人都關在門外。

大約有三分鐘之久，沒有人知道王大同醫生一個人在房間中幹甚麼，三分鐘之後，才有護士從配藥室的窗口——和診症室相連的，看到王醫生雙手抱着頭，身子在抖，顯然在極度的恐懼之中。

可是，在十分鐘之後，他又恢復了正常，病人陸續來到，他也照樣工作，只是很沉默，說的話很少。

這件小風波，在當天，確然引起了一些議論，消息在人口中傳播的速度，幾乎比光速更快，到中午休息時，整幢大廈的人都知道了。

所以，當中午，王大同離開大廈時，所經之處，都有人偷偷地以異樣的眼光望着他。而且，有關他「失常」描述，至少有了十個以上的不同版本，其中一個甚至說，當兩個護士扶住他的時候，他有想咬她們頸部的動作，是被人抓住了頭髮拉開去的。

但是，若不是下午再發生的那件事，上午這件事，過不了幾天，還是很快會被人淡忘——大城市中，永遠有說不完的話題，把人殺死了煮熟來吃這種駭人聽聞的事，也至多只能成為三天的話題。

可是由於有下午的那件事，聯帶了上午的事也被提了出來，有人就振振有詞：「上午那件事，早已說明會有更大的事發生了！」

下午，又發生了什麼事呢？

下午，醫務所到了預定的停診時間，又來了一個小病人，由父母陪同，父母的神情焦急之極，王大同已經換了衣服，但是還是把病人請進了診室。

後來，事情發生之後，那一雙攜子求診的夫婦，成了各方面追問的對象，他們的話，對瞭解為甚麼會有這樣的事發生在王大同醫生的身上，有重大的作用。

兩夫婦先被問及小孩子有甚麼病，要去請教以診金昂貴而著名的一流腦科專家王大同醫生。

母親的回答是：「孩子昨天摔了一交，頭上撞了老大一個包，瘀血不散，他又說頭暈，所以帶他去檢查一下，看看有沒有跌壞了腦部。」

這是典型的現代城市中產階層的父母愛子女心態——若是在農村或是以前，用母親的掌心，用力搓揉一兩百下，也就沒有事了。

母親又道：「王醫生好極了，那麼大的醫生，一點架子也沒有，已經下班了，還替孩子作詳細的檢查，一再要我們放心……不正常？沒有，王醫生怎會不正常，只不過，只不過他看來很疲倦，又……出很多汗，不斷喝水，他叫我們放心，孩子沒有事。」

兩夫妻在接受問題時事件已經發生了，所以那位父親嘆了一聲：「眞想不到……有什麼特別的事？沒什麼特別，對了，在替孩子檢查的時候，有兩個電話……他用流動無線電話接聽的。」

醫生在診病期間接聽兩個電話，也沒有什麼，在全民投入股市的時候，多的是醫生一面探診一面從事股票買賣的。

可是那位父親遲疑了一下，又道：「那兩個電話，有點古怪，第一個……第一個……醫生拿起電話，『喂』了好幾聲，就沒有再說話，一直聽對方講，我們只聽到電話中嗡嗡地響，是有人在講話……」

他說到這裡，向他的妻子看了一眼，他妻子連連點頭，表示同意他的敍述。他又道：「當然我們聽不到電話在說些什麼。只是王醫生連一點反應也沒有，連『嗯』的反應都沒有！」

他的妻子，孩子的母親補充了一句：「而且一動也不動，像是被什麼魔法魘住了一樣！」

那位女士用詞文雅，一個「魘」字，就難倒了不少訪問者。孩子的父親又道：「直到電話中沒有了聲音，又過了好一會，他才放下了電話，再替孩子檢查。」

經過一些人的分析，這第一個電話的內容，雖然不得而知，但是觀乎王大同醫生的反應，可以知道，他在電話中聽到的，一定是一些令他驚駭的事，他被嚇呆了，所以才不出聲，一動不動。

也有認爲，那可能是甚麼傷腦筋的事，以致他一面聽，一面思索，所以也不言不動。

且由得分析家去作種種假設，再說第二個電話。

孩子的父親說：「大約五分鐘之後，電話鈴又響了。王醫生呆了一呆，盯着電話看，並不伸手去拿電話，樣子很怪。電話一直在響，我和內人齊聲提醒他：醫生，電話！他這才拿起電話來，開始的一分鐘，他仍然一聲都不出，只聽到電話中有人語聲傳出來，而王醫生的額上，又開始冒出汗來——」

那位女士道：「我還取了一張紙巾，遞給他抹汗，可是他不接！」

王大同醫生非但不接紙巾，而且對電話有了強烈的反應，他用一種異常怪異的語氣講話，那語氣是一種極憤怒，或極驚恐，想大吼大叫，但是卻又竭力壓制着，不使聲音過大，而且比正常的聲音還低，是怕被別人聽到，所以有一種特殊的詭異。

王醫生壓住了嗓音在低吼的是：「放過我好不好？根本不關我的事，我一點不知道，甚麼也不知道！放過我！放過我，我根本不知道！也不知道誰知道！」

他反覆地低吼着，可是電話那一頭，顯然不聽他的辯解，像是還在向他追問什麼，他陡然摔下了電話，電話落地之後，還跳了一下，仍然有「嗡嗡」的語聲傳出來。

王醫生突如其來的這一動作，把病童和他的父親，都嚇了一大跳，那時，恰好一個護士走進來，見狀也嚇了一跳，俯身把電話拾了起來。

王醫生指着電話，說不出話。

那護士後來說：「我拾起了電話，聽到電話中還有人講話，就自然而然，把電話放在耳邊去聽，可是立刻又想起，那不是醫務所的電話，是醫生的私人電話，我不應該聽，所以立刻又拿開，那時，電話也沒有了聲音。我……只聽到了……一點點……」

問的人一聽得護士那樣說，不禁大是緊張：「你在電話中，聽到了什麼話？」

護士現出十分猶豫的神情，在一再催促之下，她才道：「我……聽到了兩個人的聲音……一男一女……」

問的人追逼：「說了些什麼！」

在電話中聽到了兩個人的說話，並不是麼稀奇的事，打電話來的人有一具分機，就可以做到這一點。先進的電話系統，甚至可供幾十個人開會之用，問題的關鍵，自然是在於護士聽到的是什麼話！

因爲那兩個電話打來的時候，據那雙夫婦說，大國手王大同的神態反應，已經極不正常，可以說和後來發生的事件，有相當密切的關係。

（一定有人心急想知道後來究竟發生了什麼事件，但既然是後來發生的事，自然留待後來再說，心急也沒有用處。）

所以，弄清楚電話中究竟說了一些什麼話，知道這些話是由什麼人說的，十分重要。

當時詢問那護士的幾個人，身份很複雜，有警方人員，那是他們的職責所在，爲首的是警方處理特別事務的高級警官黃堂。

熟悉衞斯理故事的人，一定對黃堂這位高級警官不會陌生的了。

還有一個鼎鼎大名的私家偵探小郭，他是受人委托來作調查的，可是他卻堅決不肯透露委托人是誰，這種情形也不算奇特，奇特的是，他連自己要調查的目的，也不透露分毫——爲了這，後來衞斯理幾乎要和他絕交！

衞斯理在大家集中力量詢問——應該是盤問那護士的時候，並不在場，在場的却有一位怪人，衞斯理的朋友陳長青。

熟悉衞斯理故事——即使不是很熟悉的人，也都會知道陳長青這個人，他是如何會攪和在這件事之中的，容後再述。他後來，在「生死鎖」這個故事中，上山學道去了。所以請注意，這個故事並不是發生在他學道歸來之後，陳長青隨那群以西藏喇嘛爲首的人一去不復返，杳無音訊。這個故事，是陳長青上山學道之前發生的——直到現在才補報出來的原因是，事情實在太怪異，有許多謎團怎麼想都想不通的緣故。

另外，還有兩位律師，和一些與事件有關的人，再有，是一個出入口公司的經理，他很少開口，却頻頻抹淚，以及一個中學四年級男生的家長，和另一些政府官員。

事情好像變得十分複雜了。簡直是，爲什麼會牽涉得那麼廣，在這個故事一開始的時候，早就指出過：發生在大城市中的許多事，有時，隨便怎麼看，一點聯繫也沒有，全然風馬牛不相干，可是，硬是有可能，發生了難以預料的關係。

好了，且說那護士，在那麼多人的盤問之下，其中還有不少是一流高手，她不免顯得慌張，一時之間，語音哽塞，眨着眼，黃堂向各人作了一個手勢，示意各人別逼得她太緊，他放軟了聲調：「你一定記得的！你聽到了一點點，是一男一女在講話，請你一個也別漏，複述出來！」

護士吸了一口氣，點了點頭，這才道：「先是一個男人的聲音，在凶神惡煞地追逼：『說！說！你說！』接着就是一個女人的聲音……很……那女人說：『他眞的什麼也不知道，別問他了……』聽到這裏，我就沒有再聽下去！」

護士說了之後，現出歉意的神情——她當時自然不知道那電話會如此重要，她只是想到不應該聽他人的私人電話而已。

在護士這樣說了之後，各人保持了片刻沉默，分析能力強，領悟能力高的人，如陳長青、小郭、黃堂等，先行把護士所說的和那雙夫婦所說的總結起來。

很快就得出的結論是：第一個電話和第二個電話，可能是同一個人打來的。打電話來的，是一個男人，這男人在逼王大同說出一件事——這件事，可能很重要，可能很可怖，可能匪夷所思，可能對王大同有性命的威脅……種種可能，都是根據王大同的反應分析得來的。王大同先是怔呆，一言不發，後來，又一疊聲地否認。

那個男人在電話中向王大同逼問的是什麼，只有一些原則的猜測，但是王大同眞的不知道答案，倒是有旁證：因爲另外有一個女人在向那個男人說：「他眞的什麼也不知道」，並且要那個男人「別再問他」。

値得研究的是，那女人怎麼肯定王大同不知道被逼問的問題答案？她是是王大同十分親近的人？何以護士在說到那女人的聲音時，想形容一下那女人的聲音，可是在遲疑了一下之後，就沒有說出來？

如果那女人和王大同十分熟，那麼，護士就有可能也認識她，認得出她的聲音。

小郭、黃堂和陳長青三人，在心念電轉之間，通過幾乎相同的推理程序，得出了同樣的結論，所以三人異口同聲地問：「那女人是誰！你認得她的聲音？」

三人之中，只有陳長青加了一句：「那男人的聲音，你也認得出？」

護士忙道：「不！不！我認不出那男人的聲音！」

她這一否認，等於是承認了她聽得出那女人的聲音了！所以大家不再追問，只是望着她。

在各人的注視之下，護士又遲疑了好一會，才道：「我不知道……是不是正確，只聽了一句……半句……不能肯定。」

黃堂十分體諒：「你就說像誰的聲音好了！」

護士這才鼓足了勇氣：「像是——王太太的聲音——王醫生的太太！」

各人對於護士的回答，都出乎意料之外。

眾人之中，小郭首先發出了一下低呼聲，因爲他曾受王大同的委托，去調查他新婚妻子李宣宣來歷，結果失敗，那是小郭偵探生涯之中罕見的失敗，他自然耿耿於懷，所以這時的反應，很自然比別人敏鋭。

而其他人，至少黃堂、陳長青，和那兩個律師，也對李宣宣的神秘，有一定程度的瞭解，所以一時之間，也思緒紊亂，神色凝重。

護士看到各人都不出聲，她十分害怕：「我說過，我不一定認得準，只是聽來……有點像！」

三、腦電波不合

黃堂先揚起手來：「放心，你又不是在法庭上作供，沒有人會怪你！」

她說了之後，又對各人道：「這件事，調查工作應該以警方爲主，希望各位盡量不要插手。」

他這樣說的時候，視線投向小郭和陳長青。

小郭揚着臉，只當聽不見，陳長青則悶哼一聲：「我受苦主所托，必當盡力！」

各位，自陳長青的口中，竟然說出了「苦主」這一個名詞來，也多少可以知道一些那天下午發生的事件，是多麼嚴重了。

在中國的語言之中，「苦主」是一個專門名詞，專指在一個事件之中的受害者（多數指死難者）的家屬親人而言，不是照字面來解釋的。

事件有苦主，自然涉及人命。

是的，涉及的人命有五條之多，死的是三個中學生，一個音樂家，一個政府的低級官員。

五個死者是爲何在同一時間之中發生的呢？當時，他們在市中心的一個小小廣場上，參加一項「青年歌唱比賽」的活動，由負責推廣青少年課外活動的政府部門負責推動，參加者甚多，也有很多旁觀者。

三個中學生之中，有一個四年級的女學生，是由她父親陪着她一起去的，做父親的知道女兒在初賽中取得了很好的成績之後，就一直十分興奮，所以想看到女兒在奪魁那一刻的情形。

他是一個飯店經理，特地請了假去陪女兒，在盤問那護士的時候，他也在其中，一言不發，只是頻頻抹淚，他在那個傍晚，沒有目睹女兒得到歌唱比賽冠軍的喜悅，却經歷了他畢生難忘的恐怖，恐怖之極，所以他一面抹淚，一面身子在劇烈發抖。

他其實可以不必自己來的，另外兩個死者的家人，就委派了律師做代表。但是他一定逢事都喜歡親力親爲，所以自己來了——若不是他作風如此，他也不會陪女兒去參加比賽了。

另外的兩個中學生，並不是歌唱比賽的參加者，而是來爲自己學校的參賽者打氣，做啦啦隊的，當兩個十五六歲的少年，離開不同的學校，嘻嘻哈哈，摔着書包，蹦蹦跳跳，上車下車來到場地時，誰也料不到不久之後，會發生那樣的慘劇。

就算慘劇發生了之後，也沒有人知道何以會有這種事，是不是恰好在那一刹間，世上所有的戾氣都聚在那裡了？

確然有人這樣說：要不是有不同的戾氣、惡靈，在那一刹聚在歌唱比賽的場地，絕不會有那麼可怕的災變發生的。

但是惡靈也好，戾氣也好，邪魔也好，爲什麼非要在那個時候，集中在那個地方，以致奪走了五條生命呢。就沒有人說得上來了。

除了學生以外，死在災變之中的那位音樂家，年紀稍大，已經接近五十歲，一生沒有得志過，只是習慣地擺弄各種樂器，使它能發出聲響而已。

他臨死之前的一句話是：「什麼聲音都有……像是偉大的交響樂……」

說他畢生忠於音樂，自然沒錯。但是一個人畢生忠於什麼，絕不等於他就在那個領域上可以出人頭地——現實經常十分殘酷。

當他中午，離開家門，去擔任這種非經常性的額外工作時，當然也想不到他會一去不回，誰都想不到，或許只有冥冥之中，命運之神，早已安排好了，早在不住冷笑，等待他們安排的變成事實。

那個政府的低級官員是一個相當活躍的青年人，還在上夜校進修。出事之後的當晚，夜校課室中的那個座位空着，夜校同學平時沒什麼聯繫，所以根本不知道他就是下午那樁轟動全市的慘事中的死者之一。

只有一個平時對他心儀的女同學，有點心不在焉地想：爲什麼沒有來呢，他一直勤力向學，風雨無阻，是不是有了什麼意外？

女同學暗中的關懷，到了第二天，報紙公佈了死亡者名單之後，化爲悲痛，着實爲他哭了好幾場，死者有知，他會爲有這樣一段根本未曾發展過的感情而高興！

好了，究竟是什麼意外，導致那五個人猝然死亡的呢！

王大同醫生在打發走了那一對攜子求診的夫婦之後，據護士說，他手撐着頭，神態極疲倦，好一會不說話，護士也不敢說什麼。

過了好一會，他才站了起來，向外走去，卻忘了攜帶那具流動無線電話。

護士叫了他一聲，他站定，護士把電話交給他，他像是不願意接，可是護士並沒有縮手，王大同終於把電話接了過來——有不少人認爲這一點十分重要，並且認爲如果不是那護士多事，可能災變就不會發生，自然，那只是一種猜測性的結論。

持這種意見的人說：王大同一定是在駕車途中，又接到了恐怖的逼問電話，所以才出了事的。

在那歌唱比賽場地的北面，有一條斜路。比賽場是一個廣場，即使是廣場的邊緣，離斜路的盡頭也有相當距離。

專家在事後說，就算有一輛重型車，自斜路上失去控制衝下來，而司機又突然不能應急（假設他已心臟病發），那車子在衝到廣場邊緣之後，勢力減緩，也會被廣場外圍的許多矮石牆所阻，至多撞毀石牆罷了。

可是王大同的車子，像是瘋了的野牛一樣，自斜路上疾衝而下，到了石牆前，不知是什麼原因，他的車子，竟然騰空而起，越過了石牆！

汽車不是飛機，是絕不會無緣無故飛起來的。專家說，車子自斜路上衝下來的時候，駕駛者一定處於神經極不正常的狀態之中，因爲根據目擊者（有許多）的描述，車速高達兩百公里以上，駕駛人一定是踩足了油門，全速前駛，而在這樣的情形之下，如果路上有什麼石塊，即使體積很小，使車輪受阻而彈跳一下的話，整輛車子也會向上彈起來的。

雖然事後，在斜路盡頭處，並沒有發現甚麼石塊，但是事發之後，現場一片混亂，上千人呼喊奔走，就算有小小的石塊，也被人踢走了。

何況，除了專家的分析之外，也沒有別的人可以提出另外的理由來。

汽車在越過了石牆之後，引擎在空中怒吼，足足飛越了超過三十公尺，才正面撞向歌唱比賽者正在唱歌的所在，首當其衝的，是當時正在全神貫注，想拿冠軍的那位中四女學生。

詳細描述這位女學生和其他四位死者死得如何之慘，並沒有特別的意義，而且令人噁心——事實上，在清理現場時，即使是經驗豐富的醫務人員和警務人員，也有許多忍不住目睹的慘狀而大吐特吐的。但是完全不提，也說不過去，就是說那首先被車子撞中的女學生，不知道是車子的哪一部份——專家說是車子前面的保險槓，彈了開來，恰如一柄利刀，剛好在那少女的頸部劃過，把她的頭，齊頸割下，帶着滿腔熱血，飛了起來，竟然又偏不倚，落在她父親的身前。

她父親低頭一看，慘叫得半聲，就昏死了過去。

車子落下，仍在衝向前，接下來的四個死者，誰先被撞死，誰後被撞死，全然不可追究，那個音樂家，這時正在拉小提琴。

拉小提琴的音樂家下半身被撞成稀爛一團，他的身體和小提琴的碎片，混爲一體，再也分不開，結果，是亂七八糟，一起焚燒了的，奇的是他竟然沒有立即死亡，還能說出最後的遺言，這似乎證明了方孝儒被明成祖腰宰之後，還能連寫十二個半「篡」字的記載，是可靠的。

這個一世不得意的音樂家的妻子的弟弟，和陳長青這個怪人有點交情，所以陳長青理所當然作爲「苦主」的代表人。

而事實是，事情發生之後，陳長青主動聯絡了那位「苦主」，主動要求作代表，反正苦主一片悽惶，有人自動請纓，當然求之不得。

而陳長青這個人，一向對種種不可解釋的事有興趣，當然也得其所哉——衞斯理曾這樣形容陳長青：他在走路，忽然有一隻紙摺的飛機，落在他的身上，他就會以爲那是外星人試圖和他聯絡，不但興奮，而且會十分認眞地去研究那隻紙摺飛機！

而闖了這樣大禍的王大同，被救援人員從一堆奇形怪狀的廢鐵之中，拉了出來，居然沒有死，只是昏迷不醒。

他一直昏迷，沒有醒過來。

所以，何以會有這樣的災變發生，也就無法在他的口中探出究竟，只好在最後和他接觸的人口中，去搜集資料，作間接的分析。

還有一個當時騎脚踏車在斜路上吃力地而上，訓練自己體力的脚踏車運動員，在出事之前，見過王大同。他提供的資料是：「我十分奇怪，因爲駕車的司機，並不看路，而是盯着他身邊的座位，而他的身邊沒有人。」

這運動員注意王大同的原因相當特別：「我是一個汽車迷，那車子一駛下來，我已經注意了，那是所有車迷的夢中情人。」

這是在出事之前，最後見過王大同的人。

王大同在醫院的深切治療病房中，他的妻子李宣宣每天都長時期陪在身邊，不斷垂淚，黃堂也曾問過李宣宣，王大同是不是近來有甚麼異狀，李宣宣並沒有回答。

美人梨花帶雨，楚楚可憐，自然令人同情，所以也沒有再問下去。

可是，在得了那護士的供詞之後，情形就大不相同，變成必須要向李宣宣取得更多資料了！

所以，黃堂才警告：警方會處理，外人不需插手。但是陳長青和小郭兩人的反應，卻說明他們決不會就此罷手不理！

陳長青更很不客氣地指着黃堂：「我完全有權進一步了解眞相——如果你有一個親人，下半身被車子撞得稀爛，但還會說話，你也會一步都不肯放過那兇手！」

黃堂正色道！「未經法庭判決之前，任何人都還不是兇手！」

陳長青反唇相譏：「那麼，該稱他爲什麼？善長仁翁？」

小郭由於事業大爲成功，見識廣了，財大氣粗，簡直不把黃堂這個高級警官放在眼裡。他連望也不望黃堂，只是臉向着天，在鼻子裡「哼」地一聲，一副不屑的神色：「有的人，也不知道怎麼可以擔任公職，連公民可以有些什麼權利也不知道！」

黃堂軟的不成，就來硬的，連聲冷笑：「防礙警方執行公務，是犯法的！」

陳長青和小郭兩人，理也不理黃堂，各自昂着頭，向外走去。

他們盤問那護士的地點，就在王大同的醫務所之中，離開的時候，也恰好是傍晚時分，時間則剛好相隔了一天。昨天，二十四小時之前，王大同應該也是在這個時候離開醫務所，到了大廈的底層停車場，上了車子，駕車離開。

從大廈到出事地點距離來推測，王大同離開停車場之後，十到十二分鐘就就出事了。

這時，正是下班的時候，醫務所的門一打開，可以看到走廊中有很多人，都腳步匆匆，向升降機走去，趕着離開大廈。

昨天的形也應該一樣。

陳長青和小郭同時想到了一個問題：「為什麼王大同昨天在離開的時候，竟然沒有人見過他？不然，至少可以知道他在那時的精神狀態怎麼樣。還是黃堂已經握了一定的資料，可是却秘而不宣！」

兩人全是一樣的心思，所以在門口，自然而然回頭向還在醫務所中的黃堂望去。

黃堂寒起了臉，和其餘的人在說話。而小郭和陳長青兩人，由於有了同樣的動作，所以兩個人都擠在門口，有了輕微的碰撞。

這兩人，在對付黃堂的時候，雖然意見行動一致，可是相互之間，却也不是沒有矛盾。

人和人之間的關係，十分奇怪，有的，一見如故。有的，不論有什麼力量想把他們扯在一起，也都不會成功。

像陳長青和小郭，就屬於後一種，毫無來由，都瞧着對方不順眼。

小郭和陳長青，在這天，雖然是第一次見面，但是他們對對方，都已相當熟悉，本應一通姓名，就十分投契才是，因爲他們都是衞斯理的朋友，在衞斯理那裡，知道了不少有關對方的事。

可是不知道是由於陰錯陽差，還是由於他們腦電波的頻率，全然無法配合，兩人在知道了對方是誰之後，第一個反應，是各自都有「原來是你」的感覺！

在正常的情形下，既然早已知道對方，自然接下來，就應該熱烈握手了。

可是結果，事情的發展並非如此，兩人都沒有第一時間伸出手來——這就錯過了只存在一秒鐘的一個機會，有許多事情，錯過了這個機會之後，機會就再也不來了。

後來，相當一段時間之後，衞斯理訝於兩人的格格不入，陳長青道：「他爲什麼不先伸出來，他不伸手，自然我也不伸。看他油頭粉面的樣子，我就不順眼，要是我肯和他握手，也完全是看你的面子，還要我先伸手出去，談都不要談，哼！」

先伸手後伸手，是不是那麼重要，不拘小節，大而化之的衞斯理，只覺得好笑，可是陳長青却十分認眞。小郭儀容非凡，喜歡修飾，注意衣著，在陳長青這個不修邊幅，崇尚自然的人眼中，也就順理成章，變成了「油頭粉面」。

小郭怎麼說呢！小郭說：「這個人，簡直神經有問題，看起人來的時候，一點禮貌也沒有，雙眼發直，類同殭屍——而且還是一隻很髒的殭屍，要是他伸出手來，看在你的臉上，只好勉和他握一下，他既然不伸手，那我是得其所哉！」

衞斯理想想，也覺得好笑。因爲陳長青的相貌，確然有點稀奇古怪，而且髮如蓬草，他極富有，可是衣服之髒舊，和流浪漢差不多。而且，言行十分誇張——後來，他和溫寶裕成了好朋友，溫寶裕什麼沒學會，就學會了陳長青的誇張。

而且，陳長青渴望遇上外星人，看到每一個陌生人的時候，他都會神秘兮兮地打量人家，盯著人家看。要是他眞的起了疑，他還會冷不妨地捏上你一把，摸你一下，行爲十分怪誕——他就荒唐到認爲衞斯理不是地球人，更曾和溫寶裕商量過，要偷偷割他的表皮，拿去作放大六千倍的觀察，幸好膽子算是夠大的溫寶裕，也不敢造次。沒敢和他合謀。

這樣子的兩個人，就像是來自兩個不同的星球一樣，難以互容。

其實，若是細心留意一下，誰都可以發現有一些人和自己，截然相反，像是不同星球上的生物，這種情形，存在已久，不然，人類的歷史，也不會就是一部戰爭史或爭論史了！

却說兩人在門口碰撞了一下，陳長青先是一瞪眼，伸手在碰到了小郭的自己肩頭上，用力拍打了一下，口中不清不楚地嘰咕！「哼，私家偵探！」

語氣和神情，都絕不掩飾不屑。

小郭大怒，可是一時之間，也無法發作，但是回了一句：「神經病！」

兩人一起走向升降機口，誰也不肯讓誰，在進電梯時，又不免爭先恐後，這也罷了，等到了停車場各上車子之後，在停車場的出口處，再度相遇，那才正合上一句「冤家路窄」這句話。

陳長青富有，生活的趣味之廣，衞斯理認爲「世界第一」。他有搜集狂，巨室之中，專有大廳供他搜集的汽車停泊之用，那天他隨隨便便駕出來的就是一輛頂級的意大利手工精製的名車。

而小郭對汽車簡直着迷，駕駛技術，也極其高明，多次在國際級的賽車中，名列前茅，那天，他駕的也是名貴的德國跑車。

可是兩架車在停車場的出口相遇，一比之下，小郭的車子自然叫比了下去。小郭的心中，就有點洩氣，所以看都不向陳長青看一眼，自然，視線也避過了陳長青的車子。

陳長青一看自己佔了上風，如何肯錯過機會，提高了聲音，冷言冷語：「什麼破銅爛鐵，全向街上塞，難怪有那麼多交通意外，哼！」

小郭受了氣，無聲可出，兩車先後出了停車場，本來是陳長青的車子在前，可是小郭的駕駛技術好，一下子就越過了陳長青。

陳長青大怒，立時加大油門，趕了上去，小郭左搖右擺，不讓他超越。兩人竟然爲小小的嫌隙，就在鬧市之中，鬥起車來。一時之間，其他車輛，紛紛躲避，連行人也都停足不前，引起了道路的大混亂。

不一會，就到了那條斜路上，小郭略慢了一慢，陳長青竟像是不要命一樣超越，車身幾乎相擦。小郭怒從心頭起，惡向膽邊生，也立時趕了上去！斜路的盡頭，就是昨天幾乎同樣時候，發生慘劇的那個廣場了！

四、找衞斯理去

經過了二十四小時，發生慘劇的廣場，基本上已經清理好，可是仍然封閉，有警方的鐵馬圍着，不准人進去，有不少人就站在鐵馬旁看，指指點點，議論着昨天發生的災劫。

在廣場中，有工人用急驟噴水的水槍，清洗粗糙的水泥地上的血跡——不但是五個死者的血，還有幾十個傷者的血。

血沁在粗糙的泥地上，十分難以清除，不知道這是不是算作死難者的一種堅持，好讓人知道曾有生命在這裡消失！

有許多曾經有過生命消失的所在，血跡甚至沁入石頭之中，成爲永久性的存在，供後人憑弔。

水槍射在地上，濺起的水花老高，不知道哪一個先發現了有兩輛車，發了瘋一樣衝了下來，宛若昨日的大禍，又要再來一遍，所以齊聲發喊，疾步走逃。

在廣場中的工人看到這種情形，只驚得呆了！

那兩輛發了瘋的車子，就是陳長青和小郭所駕駛的兩輛，兩車不分前後，並駕前驅，陳長青在左，小郭在右，這兩輛車，用這樣的速度從斜路上衝下來，算他們的駕駛術超流，也只可能有三個結果。

一是在衝到石牆前，及時剎停車子，二是不再爭逐，一個向左，一個向右，分道揚鑣，三是像昨天造成慘劇的車子一樣，越過石牆，撞向在廣場上的工人！

小郭和陳長青兩人的駕駛術當眞超流，到醫院去，駛向右轉，那是小郭佔了便宜，因爲他在轉彎的時候，佔了內圍。

可是陳長青犯了勁，硬是不肯放棄，小郭向右轉，他也向右轉，本來是並駕前驅的兩輛車，變成了小郭在前，陳長青在後。

別忘記陳長青的車子，性能較好，他一看到自己落後，猛地一踏油門，發揮了他那輛車子的加速性能，只聽得一下隆然巨響，他的車頭，就撞上了小郭的車尾。

那一撞的力量極大，令得兩輛車，不但在路上打着旋轉，互相又像是遊樂場中的「碰碰車」一樣，碰撞了不知多少次，而且，還各自撞到了一些其他物體，例如別的車輛、交通燈，電燈柱等等。

總之，繼那一下巨響之後，是無數下同樣的聲響，在大都市中的鬧市之中，製造了一場罕見的混亂。

奇怪的是——也真沒有天理，那兩個混蛋（不久之後衞斯理對他們的稱呼）居然一點傷也沒有，而且在離開了車子之後，還準備在街頭上演一場拳擊賽。

但他們沒有這機會——黃堂到了。

黃堂自嗚嗚叫着的警車中跳下來，大聲呼喝，跟着他呼喝的是別的許多警員、警官，小郭和陳長青兩人，也被分隔了開來。

在這樣的情形下，小郭和陳長青就算可以把公民權利倒背出來，也沒有用了。黃堂算是對他們客氣，只是冷笑三聲，着手下把他們帶回警局去，並沒有替他們加上手銬。

而他自己，則又登上了警車，直赴醫院。

黃堂在前赴醫院的途中，很是高興，因爲他終於拋開了小郭和陳長青，可以單獨向李宣宣詢問，究竟是甚麼造成王大同這樣可怕的精神困擾——專家指出，王大同在闖禍的一剎間，神智絕不可能正常，必然處於極度可怕的瘋狂狀態！

黃堂洋洋自得，他到了醫院之後的情形如何，可以放在下一步再說。却說小郭和陳長青，在警局之中，各自召來了自己的律師，他們倒也不像平常人吵架那樣無賴，互相指責對方的不是。

他們只是一言不發，把一切全交給律師辦理。這樣，倒節省了不少時間。大約耽擱了兩小時（黃堂在車中，曾致電值日警官：慢慢來！），兩人就離開了警局，強拉他們的律師做司機，把他們送到了醫院。

等他們到了醫院，黃堂已經離去，王大同的病房外，有警員看守，不准任何人探訪，醫院方面也掛出了「謝絕探訪」的牌子。

小郭和陳長青兩人，這時候同心合力了，他們軟硬兼施，陳長青拍胸口，答應了護士室中的全體女護士，可以帶原振俠醫生來給她們認識——原醫生的俊俏，世界知名，又豈止是醫學界而已。

眾護士受不了這樣的誘惑，才算是做了兩件事，第一件事是透露了「王夫人不在病房，不久之前，一個高級警官來，進了病房約有半小時，就拉長着臉離開，樣子很不愉快。警官離去之後不久，王夫人也走了——王夫人眞美麗，美得像——不吃人間煙火。」

眾護士七嘴八舌地敍說着，對於李宣宣美麗得像「不吃人間煙火」的形容，倒是一致的。

李宣宣美麗，人所皆知，但用這句話來形容，也令得小郭和陳長青略怔了一怔，但兩人隨即明白：王大同出了事，李宣宣驟遭變故，自然脂粉不施，花容憔悴，說不定還滿面淚痕，那就使她看來更加清麗，卻嫌脂粉污顏色了。也所以可以贏得眾位女護士的一致佳評——要女性承認女性的美麗，其困難程度，相當於吞寶劍。

護士說李宣宣已經離去，小郭和陳長青都大失所望，令得他們稍堪安慰的是，看來黃堂也沒有在李宣宣那裡得到什麼資料。

這一方面，小郭就比陳長青佔了上風——他有一個偵探社，有許多工作人員，陳長青只好眼睜地看着他借用了護士室的電話，向他的手下，發出了一連串的命令。

（這個故事發生在多年之前，那時，手提無線電話還只是幻想小說中的物品——世界進步眞快！）

小郭要他的手下，在王大同的住所之外，進行二十四小時的監視。要他手下也對醫院進行二十四小時監視，記錄李宣宣的一切行動，等等。

他最後的一個電話，打到一間禮品公司，訂購了二十盒高級糖果，二十打鮮花，送到醫院來，由護士長全權分配，人人有份。

當他放下電話的時候，那份氣燄，叫陳長青氣得臉色發綠。而最難忍受的是，小郭居然用含糊不清的聲音道：「哼，請原振俠來，人家是什麼人物，請得動嗎？也不撒泡尿照照鏡子！」

小郭說來雖然含混不清，可是陳長青聽來，卻是字字入耳，他怒火陡升，提高了聲音：「別說原振俠，連大名鼎鼎的衞斯理，也都請得到！」

小郭像是在舞台上的京劇演員那樣，一連打了三個「哈哈」，陳長青又無話可說，因為小郭識得衞斯理，歷史悠久，在衞斯理初識白素的時候，就已經是朋友了，陳長青也知道這一點，所以他知道自己說了一句蠢話，再多說，只有更遭對方奚落，可是他仍然忍不住咕噥了一句：「衞斯理也沒有什麼了不起！」

眾護士做的第二件事，是應兩人的要求，進病房去，在推門進去的時候，故意把門開得很大，而且打開相當久，可以讓兩人在門外看到病房中的情形。

守病房的警員明知那是兩人和護士串通好了的行徑，可是也無法阻止。

病房中，只躺着王大同，身上臉上插滿了管子，昏迷不醒。李宣宣確然不在。

陳長青和小郭一起進電梯下樓，出醫院，在醫院門口的時候，兩人對望了一眼，一起叫：「找衞斯理去！」

遇到有什麼謎解不開，遇到有甚麼怪事，就自然想到找衞斯理去，這是衞斯理所有朋友的習慣。

這也是爲甚麼看起來好像世上所有的怪事，都集中在衞斯理一個人身上的原因。

要見衞斯理，還眞的不是容易的事。衞斯理的住所，在一條相當靜僻的街道的盡頭，是一幢兩層高的屋子，不大，可是很精緻。

在記述種種怪異的經歷之時，衞斯理的住所，曾不止一次出現在記述之中，但是它的周遭環境如何，從來也未曾有這詳細的描述，倒可以趁機來看一下。

那條靜僻的街道並不長，呈三十度角向上斜，伸到盡頭，是在一個山頭上。所以，屋子的一面，面對的是山脚下的許多建築物，景觀美麗，視野很廣。

如果不是有其他的許多屋子和馬路，那麼，這幢小房子就像是雄踞在山頭上的一頭鷹，很有氣勢。

在斜路盡頭處，相當空曠，有幾株很大的樹，其中有兩株是榕樹，都有將近一人合抱粗細。鬚根垂得極低，附近的孩子常拉住了鬚根，蕩來蕩去遊戲。

還有兩棵大樹是石栗，會開細小艷黃的花，等到滿樹都綻開黃花時，就說明夏天正式開始了。

環境很幽靜，只可惜屋子內外，常有喧鬧的人聲，破壞了幽靜的環境。

像這時，小郭和陳長青，一到了門口，按了鈴之後不久，門打開，開門的是老蔡。

小郭和陳長青是常客，一見老蔡，就大聲用老蔡的家鄉話——揚州話和老蔡打招呼，表示親熱。不然，老蔡一不高興，可能把他們拒諸門外。

老蔡的臉色不是很好看，一望而知不知是什麼人得罪了他，他也不回應兩人，只是把門開大了些。小郭一揮手，又大聲道：「老蔡，誰得罪了你，告訴我，替你出氣！」

老蔡悶哼了一聲，朝裡面呶了呶嘴，小郭料中了，果然有人得罪了他。老蔡的臉色更難看，還了一句粗話：「辣塊媽媽，拿警察來嚇我，我是嚇大的！」

小郭和陳長青，這時也已看到，廳堂中坐著一個人，神情又憤怒又尷尬，卻正是高級警官黃堂！

看來，「找衞斯理去」，不單是陳長青和小郭兩人的主意，連黃堂也打了這個主意。

黃堂的樣子，表示他進屋子的過程，必然和衞府的管家老蔡，鬧得不甚愉快，他得以進屋，只怕還有點恃勢欺人，拋出了警方的帽子，所以令得老蔡悻然。

老蔡讓進了兩人就問：「要茶？還是要酒？」

看黃堂的面前時，卻什麼也沒有，顯然那是老蔡故意的怠慢，難怪黃堂的神情那麼難看，可是既然來到這裡，自然是有求於人，又怎敢得罪老蔡？

小郭和陳長青齊聲道：「不必張羅，我們自己來！」

老蔡又咕噥著用揚州土話罵：「什麼大蒜葱！」一面罵，一面走了進去。

黃堂的狼狽，雖然使小郭和陳長青感到了一陣快意，但是兩人也很失望。

因爲看這情形，衞斯理一定不在，白素也不在，不然，老蔡會慢客，衞斯理不會。

老蔡的話，證明了這一點，老蔡在走進廚房去之前，並不轉身，舉起手來，大聲道：「衞哥兒不在，也不知道他到哪裡去了，更不知道他什麼時候回來，誰愛等，誰就慢慢地等！」

老蔡的話，說出了衞斯理的標準行蹤——他在的話就在，不在的話，上天入地，根本沒有法子找到他。

小郭和陳長青齊聲道：「不妨，我們坐一會就走。」他們各自自行斟了一杯酒，陳長青向黃堂一揚酒杯：「對不起，聽說警務人員工作時不能喝酒，就不客氣了！」

黃堂悶哼了一聲，小郭向陳長青一舉杯：「喂，神經病，乾一杯！」陳長青口舌豈肯饒人：「好，油頭粉臉，乾一杯！」

自此之後，他們兩人，竟然就一直以「神經病」和「油生粉臉」互稱，開始時令得他們兩人的共同朋友，感到十分刺耳，但久而久之，倒也習慣了。

他們互相各喝了三五杯酒，黃堂忍不住了，也過去斟了一杯酒，一飲而盡，重重放下酒杯。

小郭哈哈大笑，問陳長青道：「看來，我們的高級警官心事重重！」

小郭雖然瞧陳長青不順眼，但是眼前立場一致，所以矛頭一致對付黃堂，陳長青很明白，應聲道：「是，看來像是——失戀！」

黃堂怒道：「你們兩人少胡扯！」

小郭不理他，又對陳長青道：「來推理一番？大警官在大美人那裡，什麼資料也沒有得到！」

陳長青作狀思索：「不會吧，有那護士的證供，大美人想否認一切，可不容易！」

小郭皺起了眉：「是啊，照說，證據確鑿，那打電話威逼王大同的是什麼人，她一定知道！」

陳長青長嘆一聲：「可惜啊！可惜啊！要是在三百年前，大老爺一聲令下，嚴刑逼供，大板子打得大美人屁股皮開肉綻，還有不招供的嗎？只是現在擺不了官威，也就只有徒呼奈何了啊！」

陳長青的話，最後一句，是運了戲腔，拖長了來唸的，而且還有做手，居然功架十足。

小郭接了上去：「照啊！這才使大警官走投無路，想起了衞斯理。唉，想當年，齊天大聖有七十二般變化，通天徹地之能，還不是要去求南海觀世音！」

這兩人一搭一擋說着，黃堂又喝了一杯酒，臉色青白，一言不發。

陳長青又道：「既然未能嚴刑逼供，大美人又什麼都不肯說，那便如何——是好？」

他運戲腔運出味道來了，一副洋洋自得的模樣。却不料這一次，小郭還未搭腔，黃堂就冷笑一聲：「你們錯了，大美人說了話！」

他們口中的「大美人」，自然是李宣宣。小郭和陳長青，一聽得黃堂那樣說，不禁都傻了眼。他們單從黃堂的形態來判斷，以為黃堂什麼也沒有得到。而李宣宣既然說了話，黃堂一定是大有所獲了！

他們也立時想到：黃堂一定是在李宣宣那裡，得到了更多的資料，所以才會找來衞斯理商量的！

一時之間，兩人心養難熬，想知道黃堂得到了什麼進一步的資料——因為王大同突如其來的行為實在是一個極大的謎團，而李宣宣提供的資料，必然是解開謎團的重要線索！

可是兩人又拉不下臉來求黃堂——剛才兩人還一搭一擋，把黃堂冷諷熱嘲個夠，這時怎麼好意思主動改變態度？

後來，陳長青又在衞斯理面前埋怨小郭：「就是油頭粉臉壞了事，要不是有他在，我感到不好意思，大丈夫能屈能伸，就算低聲下氣，軟言相求，求他把得到的線索說出來，又有什麼關係？」

只怕不單是陳長青，小郭也有這樣的意思，但兩人都不想在對方面前出醜，所以就形成了僵局。

黃堂也不理會兩人，向門外走去，一面走，一面道：「誰知道衞斯理又和什麼綠血紫血的人打交道去了，我不等了，你們慢慢等吧！」

（黃堂這兩句話說錯了，他當時，自然想不到，衞斯理這時不在家，正在進行的事，硬是和他們想要解開的謎團，大有關係！）

（一開始就說過了的：許多不相干的事，往往會有無形的聯繫。）

眼看黃堂就要離去，小郭和陳長青才發了急，齊聲叫：「等一等！」

黃堂慢吞吞轉過身，冷冷地道：「神經病先生，油頭粉臉先生，兩位先生有何見教？」

他從兩人剛才互相的稱呼之中，得到了靈感，竟然也這樣叫兩人，小郭和陳長青都只好點頭，陳長青先道：「嗯，是……這樣，就算是衞斯理，遇到什麼難題，也會來找我……們商量的！」

他在「我」和「們」字之間，足足停頓了兩秒鐘，想是心中不甘心，但又考慮到現在和小郭必需立場一致，所以才有了這種不情不願的口吻。

黃堂愛理不理：「那又怎麼樣？」

小郭陪着笑臉：「那就是說，嗯，就算衞斯理不在，有什麼問題，拿出來和我們商量，也是一樣的！」

黃堂聽了之後，先是發出「哼哼哼」三下冷笑，接着，又仰天發出「哈哈哈」三下大笑，竟然再沒有說一個字，就此揚長而去，將滿腔希望的小郭和陳長青乾擱在那裡，恨得兩人真想衝上去，在屁股上踢他一腳！

黃堂好不容易找到了兩人自己送上門來的機會，出了被兩人嘲弄的一口烏氣，可是他心中並不高興。

在醫院，李宣宣確然說了話，可是對於解開謎團，却一點用處也沒有！

黃堂趕到醫院，推開病房的門，看到的情景，極其動人。他看到李宣宣坐在病床的旁邊，垂着頭，怔怔地望着昏迷不醒的丈夫。

她滿頭烏絲，側向一邊，露出雪白的一截後頸，由於她肌膚賽雪，所以頸上的一些柔髮，也看得清楚，更是動人。

她一動不動地望着，直到黃堂來到了床的另一邊，叫了她一聲，她才抬起頭來，眼睛迷惘，向黃堂略點了點頭。

變故發生之後，別說全城轟動，簡直是世界性的大新聞，不知道有多少記者想接近李宣宣，訪問、拍照，全靠黃堂安排得好，動用了大量人力，阻止大批記者的騷擾，所以李宣宣對黃堂的印象很好。

可是她也只是向黃堂望了一眼，失色的口唇，略為顫動了一下，並沒有發出聲音，可見得她身心俱乏，疲累之極，連出聲的氣力也沒有了。

這種情形，很叫人憐惜，她蒼白的臉，雖然仍有說不出的俏麗，但看了也令人難過，所以黃堂未曾開言，先嘆了幾聲，這才道：「王夫人，有一些問題，要你回答。」

李宣宣仍沒有出聲，只是坐着不動，惘然的視線，仍落在王大同的臉上。

五、三路奇兵

王大同一動不動地躺着，看起來，他比李宣宣幸運，因爲這時，他什麼知覺也沒有。若是他有知覺，只怕他立刻就要接受無窮無盡的盤問。

黃堂又停了片刻，李宣宣沒有反應，那是他意料中的事，他又道：「王夫人，事情是這樣，在出事之前，護士曾說，王醫生接到了兩個電話——」

他用十分銳利的眼光，捕捉李宣宣的反應。可是李宣宣就像玉雕美人一樣，一點反應也沒有，甚至叫人懷疑她的心是不是還在跳，血是不是還在流。

黃堂自顧自把護士所說的供詞，敍述了一遍，最後問道：「王夫人，護士認出，電話中有你的聲音，是怎麼一回事，希望你詳細的解釋！」

李宣宣雖然一點反應也沒有，但是黃堂可以肯定，她應聽清楚了剛才的敍述，因爲她長長的睫毛，不時在眨動，頻率和黃堂敍述的緊湊過程相配合。

所以，黃堂在問了一遍之後沒有回答，就鍥而不捨，隔一分鐘，再問了一遍。

問到了第七遍，李宣宣才輕啟朱唇，吐出了四個字來：「她聽錯了！」

黃堂不禁倒抽了一口涼氣！

他事先想了好幾遍，說的時候，又運用了不少技巧，滿以爲李宣宣一定會有所透露，可是她却只說了四個字，就把黃堂所有的話，都堵了回去！

李宣宣的那四個字，聽來輕描淡寫，但是却厲害之極，滴水不入，令得黃堂再也沒有法子進一步發問！

她不說「沒有那回事」，也不說那護士胡言亂語，只是說那護士聽錯了。那表示不論那護士說的是什麼事，都和她無關！

黃堂有好一會說不出話來，李宣宣的態度，更令他氣餒——她竟然把黃堂當作不存在一樣，望也不望，理也不理，只是一動不動地看着病床上的王大同。

足足有三分鐘之久，病房中靜得出奇，幾乎連生理鹽水流進王大同體內的聲音都清晰可聞。

黃堂無法可施，明知沒有用，還是加了一句：「那護士說，聽起來，是你的聲音。」

李宣宣這次，連眼皮也不抬，一聲都沒有出。

黃堂又是無奈，又是惱怒，他提高了聲音：「王夫人，請你和警方合作！事關五條人命，還有好幾個傷者傷勢嚴重，就算能保得住性命，也會終生殘廢，警方會盡一切力量弄清楚出事的原因！」

黃堂說到後來，神情激動，簡直有點咬牙切齒了！而且，爲了加強語氣，他雙手緊握着拳，揮動着。

他站得離李宣宣相當近，在他的雙拳揮動的時候，看起來，好幾次，竟像是會擊中李宣宣一樣！

黃堂是極有經驗的警官，他自然知道如果拳打證人，會有什麼樣的後果，他故意這樣做，目的是爲了加強他說話的威勢，可以使對方產生怯意，就比較容易吐露實情。

可是，他那一套裝腔作勢的做法，對於李宣宣，却一點用也沒有，全然是在瞎子面前做媚眼！

李宣宣唯一的反應，是她美麗動人的口角向上略翹了一下，現出了一絲笑容來

——那是一個充滿了無奈、落寞，嘲弄的苦笑。

黃堂拉過了一把椅子來，坐下，盯着李宣宣看。李宣宣一直坐着，黃堂站着，走來走去，一直無法和她的視線接觸，這時坐了下來，就可以平視了！

可是李宣宣垂下了眼瞼，根本不看他，只是用極低的聲音反問：「有什麼用呢？」

黃堂怔了一怔，他的反應算是快的了，可是一時之間，他也難以明白李宣宣忽然冒出這句話來，是甚麼意思。

若是李宣宣指的是，警方就算努力找到了出事的原因，也沒有什麼用，那未免太輕視警方了！

黃堂悶哼一聲：「弄清原因，可以避免發生慘劇！」

李宣宣聽了，總算抬了抬眼，用她那雙黑白分明的大眼睛，瞟了黃堂一眼，令得黃堂在那一剎間，幾乎連心跳也停止。

李宣宣接下來所說的話，只怕世界上沒有什麼人可以一下子就接得上腔！

她道：「人人都清楚戰爭的原因是什麼，人類却也沒有能力避免戰爭！」

李宣的話，無可反駁。雖然她在此時此地，說這樣的話，和王大同闖了這樣的大禍，扯不上關係，但也令得黃堂又好久說不出話來。

他甚至感到十分燥熱，伸手抹了抹汗，才能再說話：「種種證據可說明，王醫生在電話中受到巨大的困擾，你可知道為了什麼？」

李宣宣的回答是：「不知道。」

黃堂再問：「你可發現他近來有什麼不正常之處？」

李宣宣的回答是：「沒有。」

接下來的時間，黃堂問了許多問題，李宣宣的回答，像是固定的電腦程式：「不知道」，「沒有」。

黃堂幾乎無法克制自己的怒意，他知道，若是再在病房耽下去，他終於會忍不住出手，在李宣宣雪白粉嫩的俏臉之上，重重摑上一個耳光，以出心頭這口快要令得他爆炸的烏氣！

所以，他在自己感到忍無可忍之前，呼哧呼哧喘着氣，出了病房，並且十分不禮貌地重重關上病房的門。

他在門口，又站了一會，才算是怒意稍斂，他吩咐了守衞的警員，任何人都不能進入病房——除了醫護人員。

可是黃堂却沒有想到，他無法限制李宣宣的行動。

李宣宣在黃堂怒意勃發，拂袖而去之後，又坐了一分鐘左右，一動不動，然後，她慢慢站了起來，她身形頎長，隨隨便便從坐到立，就把成熟女性的體態美，表露無遺，看了賞心悅目之至。

她站了起來之後，輕移蓮步，來到了窗前。

爲了使光線柔和，窗前下着紗帘，李宣宣在窗前，掀起了紗帘的一角，向下看。

從那個窗口看出去，可以看到醫院的近門入口處，不知道她在看什麼。

等一等！

黃堂離去之後，李宣宣有什麼行動，他人怎麼能知道？

黃堂走了之後，病房中只有李宣宣和王大同兩人，王大同昏迷不醒，莫非王大同是假裝昏迷，暗中在監視李宣宣的行動，所以才知道她做了什麼！

當然不是，另有原因，下文自會說明。

李宣宣在窗口，掀開紗帘向下看，約摸看了一分鐘——後來，一干人等在討論時（衞斯理也在），大家都同意了衞斯理的意見。

衞斯理說：「她等了一分鐘左右，就來到窗前向下看，又看了一分鐘左右。從時間來計算，那應該正是黃堂離開醫院所需的時間。所以，她在窗口，是在確定黃堂是不是離開醫院。她肯定了黃堂離開了醫院，才決定下一步的行動。」

李宣宣下一步的行動是什麼，倒是大家都知道的，她離開了醫院——自王大同出事，她趕到醫院之後，她是第一次離開。

所以，當小郭和陳長青從警局趕到醫院來的時候，就未能見到這位大美人。

而黃堂在離開醫院的時候，由於一無所穫，心情十分沮喪，他和小郭、陳長青一樣，想到了衞斯理。覺得這種不可思議的事，除了找衞斯理之外，沒有別的辦法，所以，他就去到了衞斯理的住所。

黃堂並沒有預料陳長青和小郭也會摸上門來，可是他見了他們，也並不感到意外，三個人分成了對立的兩派，鬧得不愉快，黃堂離去之後，運用了他高級警官工作上的方便，下令調查衞斯理的行蹤——現代人和古代人不同的是，現代人到哪裡去，都有記錄，出境入境，都在電腦上留下資料，要調查行蹤，不是難事。

黃堂的行動，很快就有了結果：十五天前，衞斯理從北歐回來之後，就沒有離開過。

也就是說，他在本城。

黃堂皺着眉：只在此山中，雲深不知處。在一個過百萬人口的大城市中，要找一個人，本來就不是容易的事，何況要找的人是神出鬼沒的衞斯理！

他沒有進一步的行動——因爲他知道進一步的行動也沒有用，反而會惹起衞斯理的反感。他希望王大同闖禍的事，滿城皆知，會引起衞斯理的興趣，那就會主動和他聯絡，因爲警方始終掌握最多資料。

而小郭和陳長青，在衞斯理住所，等了很久，雖然老蔡有好酒好茶招待，但是衞斯理並不露面，他們其勢也不能一直等下去。

這期間，小郭有了不少收穫。他的手下曾向他報告：「王夫人在住所出現，但無法接近，正用遠程望遠鏡作密切的監視。」

小郭接到報告的時候，陳長青在一旁，笑了一聲：「油頭粉面的手下，也是軟柿子，無法接近，就證明沒有辦事能力！」

小郭當時吃了一記悶棍，沒有說什麼，不過後來，陳長青卻為這句話，向小郭道歉。因為他隨即親自出馬，攜帶了許多監視的儀器和工具，也到王醫生寓所附近去監視李宣宣。

他也一樣無法接近。

無法接近的原因很簡單，王大同的寓所獨立在一個山頭上，只有一條屬於私人所有的道路，可以通到屋子去。那條斜路約長三百公尺，有三道電動鐵門。而屋子的周圍還有種種先進的防盜設備，再加上至少有十頭以上兇猛的狼狗。

屋主人像是預知自己會有朝一日被人監視，企圖接近一樣，把自己安全無比地置於防圍之中！

陳長青揀了一個有利的「陣地」，停了車。他做事極有毅力，像這種情形，他可以二十四小時不眠不休，等閒盯上三五天！

陳長青也發現，屋子附近，至少有六七個小郭的手下，也在監視那屋子。屋子是三層洋房，可是每一個窗。都落着簾子，全然看不到屋中的情形，在花園中，狼狗來回走動，有一個僕人在澆水。

看起來很平靜正常，可是誰知道會有什麼波濤洶湧的變故，會隨時發生——這種情形，最合陳長青的性格，爲了許多沒來由的事，他都可以投入大量的人力物力去研究，何況這次的事，處處顯得如此怪異。

在陳長青對屋子監視了五六小時之後，警方人員來了，由黃堂領隊，陳長青在螢光幕上看到黃堂帶着兩三個警官，駕車直達鐵門邊前，停了下來，黃堂下車，按動了門鈴。

附帶說一下陳長青這時候用的監視用品——他雖然只有一個人，在人數上遠不及警方和小郭。可是他配備之精良，遠非小郭和警方能及，後來小郭和黃堂，對他的配備下了一句評語：簡直難以想像。

這些配備之中，包括了四支無線電遙控的攝像管，可以遙遠控制調節焦距，發揮遠攝作用，並有紅外線裝置。四支攝像管，已被陳長青安放在適當所在，從四個不同角度監視着屋子。

而攝像管的記錄所得，立刻投射在四幅螢光屏上。

所以，陳長青不必像小郭的手下那樣，落後到了用遠程望遠鏡，他只消舒服地坐在車子的座位上，甚至一面喝着酒，一面哼着歌，就可以在螢光屏上看到屋外的一切活動。

他也觀察了那條斜路的第一道鐵門，發現鐵門上裝有閉路電視和對講機。他就在對講機旁，一處不易爲人發現的所在，放下了一具偷聽器，那偷聽器只有指甲般大小，可是有效的傳音距離是一千公尺。

同樣地，他運用強力彈射器，把這樣的小偷聽器射進花園去，其中有一枚，落在洋房二樓的露台上，有幾枚落在花園中。

也就是說，如果有人在洋房的露台上說話，他也可以接收得到。

當然，他的配備遠不止此，但是其他的，大可以等用到的時候再說。

所以，黃堂到了門口的情形，和他與屋中人的對答，陳長青都可以聽得淸淸楚楚。黃堂按了門鈴之後不久，就有一個蒼老的聲音在問，「什麼人？」

黃堂仰起頭，對準了閉路電視，先說了自己的身分，然後才道；「警方認爲，王夫人有需要接受特別保護，要在屋內外佈崗！」

那蒼老的聲音道：「等一等！」

這一等，足足等了十五分鐘之久，等得黃堂大是不耐煩。翹起腿，看着螢光屏的陳長青，則抱着看好戲的心情，一點也不急。

然後，又是那蒼老的聲音道：「夫人說不必了！」

黃堂着急，忙道：「這是警方的責任！」

可是對講機中傳來了「得」地一聲響，顯然已停止了通話的功能。

黃堂又叫又跳，可是對講機中，再也沒有聲音傳出來。黃堂十分憤怒，但也無可奈何，他開始在屋子的附近佈崗部署，很快就發現了小郭的那些手下。

可是他交涉了好一會，小郭的手下，強將手下無弱兵，也不會給他嚇跑。

黃堂又發現了陳長青的那輛中型貨車，氣沖沖走過來。陳長青不等他來到面前，就打開車窗，向他打招呼：「黃主任，喝杯酒？」

黃堂只好乾瞪眼，因爲並沒有法律禁止人在山上的小路上停車欣賞風景。

陳長青又道：「屋子主人，好像不是很賣帳？」

黃堂指着陳長青，想說什麼話，可是又不知說什麼才好，所以始終沒出聲。

到天色全黑了，陳長青看到小郭也來了，黃堂也沒有走，屋子之中有燈光在窗帘的縫中透出來，可是靜得什麼聲音也沒有。

一直到午夜時分，陳長青這個人，有點好處，他能屈能伸，爲了達到目的，不在乎吃點虧，看來不會有什麼突發事，他就「先禮賢下士」，利用車上的通訊設備，和黃堂取得了聯絡。

他先恭恭敬敬地叫了一聲「黃主任」——深明伸手不打笑臉人的道理，然後道：「很悶，是不是？我有一個提議，警方可以進行！」

黃堂悶哼了一聲，沒有立刻中止通話，陳長青也就有了獻策的機會：「警方可以截聽在這幢屋子打出去的所有電話，那至少可以知道王夫人和什麼人有聯絡，可以知道王醫生電話中的男人是誰？」

黃堂又悶哼了一聲，他何嘗不想這樣做，可是這樣做，都是犯法的！

黃堂的回答正氣凜然，「你在教唆警務人員觸犯法律！」

陳長青立時道：「好了，算我沒提過，醫院方面有什麼消息？」

黃堂沒好氣；「昏迷不醒！」

陳長青在這時候，又聯絡上了小郭，他「嗨」了一聲：「油頭粉面，我正和黃主任在閒談，你要不要參加！」

陳長青竟利用了他車上的通訊設備，變成了三人會談。小郭第一句話就是：「要加入！黃主任，有衞斯理的消息沒有？」

黃堂又悶哼了一聲，他幾乎要全市的警員，留意衞斯理的下落，可是仍然沒有結果。對小郭的問題，沒有答案，自然只好悶哼。

可是他在哼了一下之後，忽然叫了起來：「等一等，什麼？是的，一輛外表看來十分殘舊的車子，千萬別試圖攔截追逐，什麼？什麼？正向山上駛來，好，繼續報告！」

在那幾句急速話中，黃堂半個字也沒有提到什麼人的名字，可是小郭和陳長青已不約而同，一起叫了起來：「找到了衞斯理？」

他們立刻有了這樣的反應，那是由於他們和衞斯理相識已久，自然知道，衞斯理的車子，外型看來很殘舊，是一輛美國大車，可是所有機件曾經過改換，性能之佳，無出其右。早年，衞斯理還很是氣盛的時候，不少駕了新型跑車在公路上耀武揚威的傢伙，由於看不起他的車子，而很吃了點虧。

最後，衞斯理心平氣和得多，在公路上遇上有人對他車子投以不屑的眼光，他也就假裝看不見了。黃堂的手下，發現了衞斯理的車子，黃堂下令不准追截，自然是免得他手下吃虧！

黃堂吸了一口氣，回答：「是，而且，車子正駛上山來，看來目的地——」

黃堂才說到這裡，陳長青已發出了一下歡呼聲——他的設備最好，也最先看到衞斯理的車子，已經轉上山來，駛得飛快，在寂靜的午夜之中，發出轟然巨響，轉眼之間，就到了鐵門的門口。

這時，陳長青，黃堂，小郭這三路兵馬，各自從隱伏之處撲出來，飛快地奔向鐵門。

在他們奔向前的時候，可以聽到衞斯理的車子，發出了一下喇叭聲，等他快奔到近前的時候，看到鐵門打開，車子「刷」地一聲，衝進了門。等他們趕到門口時，鐵門恰好又關上。

六、死因和看殺頭的小孩子

那時，衞斯理的車子，已經停在第二道鐵門之前，而第二道鐵門，也正在打開來。

衞斯理竟然能夠驅車直入，那自然是和屋主人早就約好了的。而王大同在醫院昏迷不醒，和衞斯理有約的，當然是李宣宣了！

奔到了鐵門前的三個人，手抓住了門上的鐵枝，一時之間，心中不知是什麼滋味，他們各自大叫了一聲：「衞斯理！」陳長青加了一句：「帶我進去！」

那時，第二道門打開，衞斯理的車子，駛了進去。同時，大門上的一個傳音裝置，也發出了警告：「你現在正身在私人產業範圍中，請立即後退五公尺，不然，鐵門上的高壓電，會使你受到重創！」

聽了這樣警告之後，三人只好狼狽後退，離門五公尺，眼睜睜地看衞斯理的車子，直駛進了第三度鐵門，直駛到了洋房的面前，轉過了牆角，看不見了。

陳長青自恃和衞斯理最熟，這時的委曲感也最大，他行爲幼稚起來，也眞夠瞧的，竟然向着鐵門，大大地吐了一口口水。

黃堂和小郭兩人，心中也都很不是味道。不過，他們却都錯怪了衞斯理——駕車直駛進花園洋房的，並不是衞斯理。

又是什麼人可以駕駛衞斯理的車子，長驅直入地去見李宣宣呢？其實只要略想一想就可以想出來。就算一時之間想不出，看下去也自會明白。

先要說，李宣宣怎麼會和衞斯理發生聯繫的呢！

那是一種想也想不到的聯繫——黃堂挾高級警官的身分去按門鈴，回應的是一個聽來很蒼老的聲音。

那聲音屬於王大同的一個老管家，這老管家，還是王大同祖父時代僱用的，情形和衞府的管家老蔡相仿，這老管家和王大同的祖父，是如何結成了主僕關係的，怕只有他們自己才知道，其中必然有極其動人的故事在，有機會可以發掘一下。

這位管家的姓很僻：祖，大名是天開，很是響亮。全家上下，在王大同祖父時代，已稱之爲開叔而不名，王大同祖父逝世，開叔比孝子還傷心，七七四十九天，只喝酒不進食，七七之後，人瘦得像一條籐，可知雖是主僕，他和王大同祖父之間，必有極深厚的友誼。

王大同的父親，由於自小知道開叔的地位非同小可，所以也對他尊敬之至。

王家發跡甚早，經商的本領大，要不然，也不能早就建立了這樣可觀的住宅，可是人丁不旺，一連幾代，都是單傳，王大同的父親又死得早——那年王大同只不過十二歲，還是少年人。

所以，王大同和開叔之間的感情，也非同一般，簡直有祖孫之情在內，開叔的身分，更是尊貴了。

開叔本來也無緣認識衞斯理——開叔年紀已經極大，在王大同成親那一年，他少說也有九十歲了，可是身子極壯健，他一扳高大，很難想像中國人的的身形會有那麼高的，他身高二一六公分，如果是現代年輕人，必然是出色的籃球明星。

這也是王大同極崇拜開叔的原因，因爲少年人免不了有些和人衝突的時候，有這位天神一樣的管家出現在身邊，那自然不會有人欺負他了。

老蔡說，開叔有極深的武術造詣，不過從來不露，是眞正的眞人不露相。

是的，老蔡認識開叔。

老蔡認識開叔的過程也很傳奇——老蔡應該說，是早已認識開叔的，當老蔡還是小孩子的時候，有一次，跟着大伙兒一起去「看殺頭」。

「看殺頭」是眞正的看殺頭——就是有人犯了罪，判了死刑，由劊子手操刀，殺頭。

殺頭本來是又可怖又殘忍的事，沒有什麼好看的，但人性之中，有從殘忍得到滿足的特性，不獨中國，在法國，若是有什麼人要上斷頭台，也必然聚集許多群眾觀看，看別人人頭落地，當是自己最佳娛樂。

在老蔡家鄉這種小城鎮，人若是曾看過一次殺頭，可以口沫横飛說上半個世紀，接受沒有看過殺頭的人的尊敬。

所以，遇有殺頭，只要有可能，都會湧去看，看殺頭的人，甚至有連夜趕八九十里夜路來的。

老蔡曾不止一次，向衞斯理敍述過好多次他看殺頭的情形，直到衞斯理十分肯定地告訴他：「老蔡，我不喜歡聽講殺頭的事，每聽一次，我都要反胃好幾天，請你不要再說了好不好？」

老蔡果然從此再也沒有說過，但是那一次是老蔡第一次看殺頭，而且結果出人意表，所以他多說幾次，衞斯理也沒有阻止。

老蔡後來，還對許多衞斯理的大朋友或小朋友，說起過那次看殺頭的經過。那次殺頭事件的主角，就是祖天開，開叔。

任何「殺頭事件」之中，主要的角色，固定不變，只有兩個：被殺者和殺人者。

被殺者是待決的死囚，殺人者是執法的劊子手。

那麼，開叔在那宗殺人事件之中，是死囚還是劊子手呢？

他是死囚。

老蔡形容那次看殺頭，用的詞句，十分生動，也道出了他兒童的想法——他跟著大伙奔向刑場的時候，心中只在想：自己個子小，到了之後，要揀一棵樹爬上去，才能看到殺頭的情形，不然，人牆一擋，什麼也看不到，就難以向人炫耀了。

可是，等他趕到刑場的時候，人山人海，附近的樹上，早已攀滿了人，哪裡還輪得到他這個小孩子。而且，正有一株樹，因為太多人爬了上去，被壓得倒了下來，十來個人頭破血流，老蔡看了也害怕，但是既然來了，也不想立刻離開，只得遠遠地等著，努力踮高了腳。

（忽然岔了開去，說起老蔡和開叔的事，是基於衞斯理故事的兩個一貫原則。一是這岔開去的事很有趣，二是和整個故事有很大的關係。）

（現在看來好像沒有關係，但既然開叔在這個故事中是一個重要的人物，自然發展下去，就會有關係了。）

所有的人都努力向前擠，希望可以看到死囚的真面目。但是，等到死囚一亮相，各人都停止了向前擠的動作，個個都發出「啊啊」聲和驚詫的神情。因為死囚的身量極高，比在場的所有人都高，所以個個都可看得清楚。相形之下，劊子手努力高舉著手中雪亮的鋼刀，刀尖也不過和死囚的頭頂一樣高。

死囚的年紀極輕，至多二十歲，神情剽悍，顧盼自豪，雙手被反綁著，大踏步前進，在他身邊的兵丁和差役，根本跟不上他。

死囚的背上，插著一塊木牌，上寫：「斬立決江洋大盜祖天開一名」，在「祖天開」三個字之上，用紅筆劃着圓圈——那情形，和舞台上可以看到的情形相彷。

死囚的雙眼極有神，許多人期待他大叫「十八年後又是一條好漢」，可是他卻緊抿着嘴，一言不發，所以看熱鬧的人之中，有沉不住氣的，就代他叫了起來，他向聲音最響亮處，望了一眼，神情頗不以為然，也沒有人知道他心中在想些什麼。

那時的法律程序比較粗疏，說是「江洋大盜」，但具體的犯罪情形如何，也不得而知，多半曾經殺人，但是也難以肯定。

臨刑的時候到了，這是人人在等待的最緊張時刻，劊子手對昂然而立，比他高了兩個頭的死囚，早已反感之至，這時大喝一聲：「跪下受刑！」

劊子手是老手，一喝之下，一腿掃出，掃向死囚的腿彎。那一腳，可以令死囚身不由主，曲膝跪倒，再接着，左手一伸，拔掉插在死囚背後的木牌，順勢用木牌在死囚的頭頂用力一拍。

死囚在頭頂被一拍之後，自然會縮一縮頭，然後再伸一伸。

就在這一縮一伸之間，劊子手橫刀切入，人頭就落地，再一腳把人頭踢出，殺頭事件就完成了。

這一切開始之前，已有不少曾看過殺頭的人，口沫橫飛地在說這些必然會發生的過程。

可是，這次的殺頭事件却亂了套，劊子手一腿掃過去，挺立着的死囚，竟然沒有跪倒。非但不跪倒，而且大喝一聲，如同半空中陡然響起了一個焦雷，只見他雙臂一振，身上的衣服，首先脹裂，接着，綁住他雙手的繩子，也斷裂開來。

在他雙手得了自由之後，再一伸，就把劊子手手中的刀，搶了過來，飛快地虛砍了三刀，風聲霍霍，雪亮的鋼刀，如同劃出了三道閃電。他就這樣，揮着刀，大踏步向外走去。

所的人都驚得呆了，除了給他讓一條路出來之外，沒有別的動作，除了刀風聲之外，也沒有別的聲音！

他飛快地揮着刀，前一刀，後一刀，左一刀，右一刀，一刀又一刀，不停地砍着。

老蔡事後的憶述，也很生動：「就像是一道又一道的閃電，自他的手上發出來，把他整個人都包圍住了，他像是他整個人都閃閃生光。總有好幾千人，就眼睜睜地看着這個天神一樣的死囚，越走越遠。」

有時老蔡喝多了酒，就會信口開河，加上另一番形容：「說也奇怪，本來是烈日當空，午時三刻處決的，在他走遠了之後不久，天上就烏雲密佈，雷聲隆隆，閃電霍霍，像是他已到了天上，正在天上揮刀一樣！」

老蔡說完了那次殺頭事件之後，總會現出十分敬仰的神情。

這個死囚，老蔡當時根本不知道他姓什麼名什麼，後來，這個人成了滿城人口中的傳奇人物，自然也知道了他的姓名。

這個傳奇人物大踏步離開了刑場，到哪裡去了呢？

死囚的個子那麼高大，特徵明顯，照說，除非躲了起來不露面，不然，一亮相，人人都可以知道他的身分，再也躲不過去。

自然，他可以遠走他鄉，到沒有人認識他的地方去生活，但當時小城的人想不到這一點，就當他真的上了天——反正自此之後，他再也沒有在家鄉出現過。

後來，老蔡漸漸長大，來到了衞府，衞斯理開始冒險生涯，又南下定居，老蔡一直跟着衞斯理。套一句用濫了的成語：光陰如箭，日月如梭。一下子過去了半個世紀，老蔡才又見到了那個當年的「死囚」。

那是一次偶然的相遇，老蔡死了一個同鄉——人在離鄉別井之後，鄉誼也就特別重。那同鄉的喪禮，老蔡去了，在殯儀館，鞠躬如儀之後，照例坐在靈堂上，望着遺像發怔。

就在那時候，他覺得各人都在交頭接耳，竊竊私議，指指點點。他抬頭看去，看到一個身形極高的老人，身形極挺，大踏步走了進來，到了靈堂前鞠躬，這高大老人彎下身鞠躬時，比他身邊站着的人還要高！

雖然事隔已超過半個世紀，但是一見到這高個子，童年的回憶立刻在腦海中浮起。

也不知道爲了什麼，老蔡一想到眼前這高大的老人可能就是當年的死囚時，心跳得劇烈。

那高大老人行完了禮，向遺像看了一會，也不和人打招呼，轉身向外就走。

他身形高大，却一點也不傴僂，所以看起來極挺直，等他走到了靈堂門口，老蔡忍不住跳了起來，跟了出去，一直跟到殯儀館門口，眼看那高大老人要上一輛式樣古老的，由穿制服司機駕駛的大房車，老人並不坐向後面，却拉開了前面的門，要和司機並坐。

老蔡在這時候，叫了一聲：「祖天開！」

那死囚的名字，他在知道了之後，就沒有再忘記過，所以一下子就叫了出來，而且，老蔡一直鄉音未改，這個名字，自然也叫得鄉韻十足。

那高大老人已經彎身準備進車子了，一聽得老蔡叫，先是動作僵凝，然後，十分緩慢地直起身，又很緩慢地轉過身，向老蔡望來。

在他的臉上，只是一片冷森，一點也看不出喜怒哀樂，兩道目光，却凌厲之極，在老蔡的身上掃來掃去。

老蔡和衞斯理相處久了，見多識廣，可是這時，也不免感到了一股寒意。

在這時候，老蔡雖然知道這一叫是叫對了，可是他還是有點後悔，因爲他不知如何應付才好。

這時，那高大老人已開了口，果然是老蔡的家鄉話：「你是誰？怎知我的名字？」

別說當年老蔡去看他殺頭時還只是一個小孩子，就算已經成年，當年看殺頭的人，成千上萬，也認不出來了。可是他這一問，證明老蔡剛才叫的，確然就是他的名字！

老蔡是一回來之後，就向衞斯理說起這件事的，他抓着頭：「我眞是尷尬極了，衞哥兒，你想想，他這樣問，叫我如何回答呢？」

衞斯理也感到好奇，是的，怎麼回答呢？過了半個世紀，當年的死囚，如今是什麼身分。就算什麼也不是，總也不能冒冒失失上去說：「我認識你！多年前，我去看過你被人殺頭！」

衞斯理笑着反問：「那你怎麼回答？」

老蔡的回答很妙，也當眞只有他這樣的妙人才想得出來——他不開口，而是做手勢，做的手勢是以手作刀，揚了起來，向自己的脖子，虛砍了一下。

那高大老人先是一怔，但隨即笑了起來，目光也沒有那麼淩厲了，他也作了一個手勢，令老蔡走過去，老蔡來到了近前，他居然有了笑容，又打量了老蔡一下，道：「那時，你還是個小孩子吧！」

老蔡一聽，那是他已直認不諱了，自然連連點頭，同時，望向他的目光，也變得崇敬之至，祖天開笑了起來，伸手在他自己的脖子上摸了一下：「當年沒有叫刀砍下來，這顆腦袋還牢牢地長在脖子上，嗯，那次我從法場離開，鄉親們怎麼說？」

老蔡在回答之前，先大大地吸了幾口氣：「說得可神了，你一走，天就打雷閃電，都說你是到天上去了。說你是天神！」

開叔仰天大笑：「下十八層地獄還差不多，還上天當神靈呢！」

需知一個人，半個世紀前犯了殺頭的大罪，被綁赴法場行刑，臨陣開逃，半個世紀之後，居然遇上了當年曾目擊這種盛舉的人，那自然是十分高興的事。

所以，雖然開叔不願意多說他自己的事，但還是和老蔡交換了電話、地址，兩人也說起了目前的工作，性質相同，又是同鄉三分親，所以談得十分投機。

老蔡回來告訴衞斯理的時候說：「開叔聽了你的名字之後，像是呆了一呆。」

衞斯理不以為意，因為他名頭響亮，知道的人多，開叔有那樣的反應，尋常之至。

自此之後，老蔡和和開叔之間，來往並不很密，但是也保持聯絡。

衞斯理自己沒有聽說過祖天開這個人的名字，他和白素商量過——白素的父親就是七幫八會的大龍頭，熟悉江湖上的各號人物，也自小就把江湖上的厲害人物，向白素兄妹提及過。

白素在聽了「祖天開」的名字之後，略皺了皺眉，就道：「爹說過這個人，這人是一個獨行俠，專在窩子裡起瓢子。」

白素說的，是北方匪徒或江湖上的「黑話」，「窩子」容易明白，那是匪幫的巢穴，用現代的語言來說，就是「犯罪集團」的總部。

而「起瓢子」，就要略為解釋一下。

那時天下大亂，盜匪叢生，治安不靖，綁票盛行。在山東河北以及江蘇北部一帶，把被綁了票的人，叫「瓢子」（在廣東，叫「肉參」），若是事主家人不肯付贖金，綁票的匪徒一怒之下，把事主殺了，就叫「摘瓢子」。

而祖天開的行爲是「起瓢子」，那是把「瓢子」一起出來的意思——也就是說，他專和綁匪作對，單人匹馬，獨闖匪窩，把被綁票的人救出來！

這當中，雖然也一樣有金錢上的收受行爲，但那總是俠義行徑，所以算是白道上的人物。

衞斯理一聽，就肅然起敬：「不簡單，當時魯豫蘇皖的盜賊如毛，何等猖獗，他居然能幹這種行當，可見必然身手不凡，膽識過人！」

白素當時沒說什麼，不久之後，和白老大見面，衞斯理又提起祖天開這個人物來，白老大可眞是見多識廣之極，他伸手一拍大腿：「啊，這個人還在，這個人是一個人物，聽說當年，成千上萬的人圍着看他被殺頭，他奪了劊子手的刀，就大摸大樣走出了法場。」

這幾句話一出口，當時也在一旁的老蔡，對白老大簡直佩服得五體投地，因爲白老大幾乎什麼都知道！

白老大又道：「後來，他常在魯豫一帶出沒，河南伏牛山上，有超過十個窩子，都是在抓了瓢子之後，被他挑了的，後來，有的富戶，有家人被綁票，賊人的信一送到，就設法去找祖天開，找到祖天開，就沒有還不回來的瓢子，聽說他身形極高大，武藝超群，力大無窮，能生裂虎豹——他現在在幹什麼？」

七、家傳之寶

白素把祖天開現在的情形說了，補充：「看來他在王家，至少也有五六十年了！」

白老大皺著濃眉：「嗯，王家的發跡，也有點不清不楚，嗯，在內地經商，我看多半是王老頭叫人綁了票，是祖天開救他出來的，王老頭再勸祖天開別過刀頭上舐血的日子，祖天開就聽了王老頭的話。」

白老大的分析很有理——也確然如此，但是只怕白老大也絕想不到，其間還會有極大的傷痛、曲折、隱情，是一個複雜無比的江湖兒女恩怨糾纏，血肉橫飛，驚心動魄的長篇故事！

老蔡當時聽白老大對祖天開的評語如此之高，他也很高興沾了一分光，就道：「我去把他叫來，讓大家聽他自己說說！」

白老大笑：「你少去碰一鼻子灰了！他是高人，能給你一叫就來嗎？」

老蔡可能真的不明白老大的話，碰了釘子，以後再也沒有提起過要把祖天開叫來的話。

所以，衞斯理一直沒有見過祖天開，直到那一天晚上，祖天開找上門來——那離老蔡在殯儀館門口見到祖天開，又有好多年了。

那天晚上是少見的寒冬之夜，細雨霏霏，北風呼號。在這個南方的城市，自然不會眞正冷到哪裡去，但是在北方長大，潛意識之中，都有童年少年如何在嚴寒中度過的記憶。這種記憶，形成了心理上的條件反射，到了冬天，就會想起那種滴水成冰的日子——這是何以北方人在南方比南方人怕冷的原因。

衞斯理的童年和少年，都在長江以北度過，少年和青年之時，更曾在黃河以北生活，所以他也無可避免，有這樣的「條件反射」。

在書房中，衞斯理甚至開着了一隻暖爐，在寒風呼號之中，享受暖洋洋的樂趣。

他聽到門鈴聲響，也聽到老蔡去開門，他略皺了皺眉，因爲老蔡有一個壞習慣，拒人於千里之外，十分慢客，得罪來訪者，是他的拿手好戲，除非是極熟的人，不然，絕得不到老蔡的笑臉相迎。

衞斯理期待著老蔡慢客的聲音，可是他聽到的，却是老蔡驚喜交集的一下呼聲：「怎麼是你？怎麼是你老人家來了？請進！請進！」

衞斯理一聽，不禁大是奇怪，立即想：「來的會是什麼人呢？」

衞斯理其實只要推開書房的門，向樓下一看，就可以知道來者是誰了，可是他却想考驗一下自己的推理能力，猜出來者是誰。

最先被想到的，當然是白素的父親白老大，因爲老蔡有「你老人家」這樣的稱呼。但這個推測，立即被否定——如果是白老大，老蔡不必那樣見外和客氣。

不是白老大，又會是什麼人？

他在想着，聽到了語聲，是老蔡和來人在交談，聽不眞切，不一會，就聽到了老蔡上樓的聲音，從脚步聲的節奏比往日來得快這一點上，可以判斷出老蔡的心情，特別興奮愉快。

接着，老蔡大力推開門來——老蔡沒有敲門的習慣，請老蔡進房間要先敲門，非但沒用，還會惹來教訓：敲什麼門，在我們家鄉，根本不作興關門，又不是男盜女娼，做見不得人的事，爲什麼要關門？

所以，老蔡不敲門而逕自推開，那是順理成章的事。他站在門口，果然興奮之極，滿臉通紅，雙手搓著（不是因爲天冷），又跺着脚（也不是因爲天冷），直着嗓子嚷：「你猜是誰來了？」

衞斯理猜過了，猜不着，所以他作了一個手勢，請老蔡說。

老蔡先吸了一口氣，才鄭重宣佈：「就是我一直在提起的那位開叔啊！他說有事要見你。」

老蔡唯恐衞斯理不肯見訪客，說着，就走進來，竟老實不客氣過來拉衞斯理的衣袖——在得罪訪客這一點上，衞斯理和老蔡功力相若，不相伯仲。

而在聽了老蔡的話之後，衞斯理腦中，立即閃過了「祖天開」這個名字，他也「啊」地一聲站了起來。對於這樣的江湖奇人，自然不會拒見。

他先摔開了老蔡的手，他知道這種江湖人物，別看不知隱居了多久，彷彿已不問世事了，但一樣十分重視別人對他的態度。

所以衞斯理立時大聲呼喝：「啊！是祖老爺子來了？你也是，怎麼不早說！」

衞斯理明是在斥責老蔡，但其實，那是叫給在樓下的祖天開聽的，而且，他一面叫，一面已大踏步跨了出去，自樓梯上飛掠而下。

就在他飛身下樓時，客廳裡一個原來坐著的老人，也霍然起立——衞斯理早知他個子高，可是臨到身前，才知道他個子眞高！

祖天開不但身子高，而且壯，腰板挺直，小說中常形容彪形大漢「像一座鐵塔」，眼前的祖天開，雖然一頭銀髮，滿面皺紋，可是氣勢就像是一座塔。

衞斯理一面打量他，一面抱拳爲禮，請對方坐下，禮數周到，又大聲吩咐：

「老蔡，快拿酒來，讓老爺子暖暖身子！」

祖天開對自己受到這樣的禮遇，顯然十分高興，連聲道謝，接過了酒，喝了一口，才道：「衞先生，我無事不登三寶殿，有事求你來了！」

衞斯理笑：「只管說！」

那時，衞斯理心中，十分疑惑，因爲他知道，在這種時刻祖天開找上門來，必然是有事相求。可是，他却又想不出，祖天開要求他的是什麼事——可以肯定的是，這事一定不平常之極，棘手之極。

所以，他在說了「只管說」之後，神情相當嚴肅，準備迎接一件困難的委托。

祖天開伸出手來，在他自己的大腿上重重拍了一下：「好，我算找對人了，常聽小蔡說衞先生很神通廣大，想托你查一個人的來龍去脈！」

衞斯理不禁一呆，這算是什麼大事？又何必勞煩他來出馬？任何私家偵探都可以做到這一種事。

所以他神情變得輕鬆，隨口問：「這個人是誰？」

祖天開有相當爲難的神情，伸手在臉上用力撫摸了幾下，才從口袋中取出了一張摺得方方的報紙來，打開，指著上面的一張照片：「這個女人！」

衞斯理一看照片上是一個美女，雖然只是印在報上的照片，但是一樣眼波橫溢，櫻唇欲語，美麗無比，那是城中著名的美女李宣宣！

他也立即明白是怎麼一回事了，因爲不久之前，小郭神清沮喪來找過他，劈頭第一句話就是：「眞難想像！現代社會中，竟然還有人是完全找不出來歷的！」

小郭曾向衞斯理詳細說過王大同委托他查李宣宣的來歷的經過，也說了他在這件事上失敗的苦惱，小郭的結論是：「若是普通人，倒也罷了，偏偏是這樣一個大美人，你說怪不怪？」

衞斯理當時沒有反應，小郭還碰了一個釘子，他道：「你有沒有興趣接受挑戰，把這個大美人的底細弄明白？」

衞斯理冷冷地道：「你那位委托人的神經有問題，娶妻子要先弄明來歷？他家有什麼了不起，有皇位等着他承繼嗎？」

衞斯理的反應，和原振俠一樣，小郭碰了釘子之後，沒有說什麼。所以衞斯理一看照片，就明白是怎麼一回事了，他皺了皺眉，並不出聲。

那時，王大同已經捱了原振俠的罵，向李宣宣求了婚，婚事正在籌備之中。

祖天開見衞斯理沒有反應，他又重複一遍：「就是這個女人。」

衞斯理吸了一口氣：「這位李小姐，我有一個好朋友，是世界上最好的私家偵探，已經傾全力，查過她的來歷，沒能查出來。」

這話說得再委婉也沒有，而且，拒絕的意思，也明顯之至。可是祖天開的回答來得還要直接：「衞先生，全世界所有私家偵探加起來，也不如你啊！」

衞斯理不禁苦笑，他喝了一口酒：「我不明白，王醫生爲什麼非要查清李小姐的來歷不可？一個二十出頭的美女，會有什麼背景！王家大不了有幾個錢，那麼緊張幹什麼？怕李宣宣會謀財害命嗎？」

衛斯理這話，已經不那麼客氣了，祖天開神情顯得有點不妥，欲語又止。老蔡在一旁道：「開叔，衛哥兒能守秘密，什麼話都可以說！」

衛斯理忙舉起手來，斜睨老蔡：「最好別說，免得日後傳了出去，我也有散播的嫌疑！」

祖天開長嘆一聲，雙掌互擊，發出鏗然之聲——從這一點來看，他身負絕技，倒是眞的。

然後，他老高的身形，站了起來，收好了報紙，向衛斯理抱拳：「對不起，打擾了！」

老蔡十分焦急：「開叔，怎麼這就走了！」

祖天開笑：「衛先生說幫不上忙，我再去想辦法！」

衛斯理雖然願意和祖天開詳談，可是對於查李宣宣的來歷，他實在沒有興趣，所以也沒有什麼表示。

祖天開來到門前，伸手拉開了門，卻又轉過身，任由門外的寒風捲進來。

他道：「衞先生，王家有一件傳家之寶，若是給外人拐了去，別說在九泉之下的王家上代不甘心，連我這老頭子也不甘心！」

他在王家已歷三代，他表示他對王家的忠心，衞斯理也不能說他的不是，只是覺得好笑：「雖說防人之心不可無，但也不必那麼緊張！」

祖天開吸了口氣，自言自語：「那件寶物，當年是我和老爺，用性命換來的！」

衞斯理心想，人老了，眞會夾纏不清，你王家有傳家之寶，李宣宣只怕根本不知道，怎麼就一口咬定她是爲了這一件寶物而嫁入王家的呢？

所以，他更不願再說下去，只等祖天開離去。

就在這時，門口多了一個俏生生的麗人，白素正好回家來了。

白素一眼看到了祖天開，這時就知道了他是什麼人，她向祖天開作了一個很古怪的手勢——白素比衞斯理更熟悉江湖規矩，因爲她父親是七幫八會的大龍頭，她這時所做的這個手勢，表示了她的身分，內行人是一眼就明白其中涵意的。

祖天開一看，目光在白素的臉上打了一個轉，也還了一個手勢，他還的手勢是右手無名指稍伸出，向上，四指蜷曲，手腕略搖。

白素後來解釋這個手勢的含意：「伸出無名指，是說自己是無名小卒，但手指向上，又有一向獨自為尊，獨來獨往的意思在內。手腕搖動，是表示如果對方有什麼話，他都是照他自己的行事方式應付！」

衞斯理感嘆：「一個手勢，也有那麼多講究！」

白素笑：「許多成名的江湖人物，都有個人擁有的手勢，好像是他的名片一樣，一擺出來，就等於是向對方通名報姓了。像祖老這種手勢，倒不是他一個人獨有，而是身分極高，身負絕技，獨來獨往，性格比較古怪的江湖高人所長用的。」

祖天開一面作手勢，一面神情大是訝異：「姑娘姓白？那白老大——」

白素這時接口：「是家父，能蒙祖老光臨，真是蓬蓽生輝，家父常提起祖老在江湖上的顯赫事蹟，叫人聽了都頓生豪意！」

祖天開給白素的那幾句話，說得指住了她，呵呵大笑。衞斯理這時，身在祖天開的後面，趁機向白素擠眉弄眼，暗示白素別太熱情了。

本來，他們之間，一個眼色就可以代表千言萬語，白素絕對可以明白衞斯理的意思，可是那時白素卻視而不見，又招呼祖天開坐了下來。

祖天開嘆了一聲，他望向衞斯理：「不是我老頭子討人厭，實在是事情有蹺蹊處，大同喜歡未過門的新娘子，可是他也十分害怕，大同是我看著他長大的，他有什麼心事，我全知道！他也不會瞞我，事情實在古怪，所以非弄清楚不可！」

祖天開嘮嘮叨叨地說著，白素才進門，不知道來龍去脈，也無法明白他在說些什麼，不過她還是耐心等祖天開的話告一段落，才向衞斯理望去。

衞斯理就用最簡單的方式，把祖天開此來的目的，說了一遍。

白素神情關切，問：「祖老，王醫生擔心的是什麼呢？照說，新娘是頭挑的人才！」

祖天開想了一想，才一咬牙，道：「擔心的是她有男人！」

衞斯理一揚眉，還沒有開口，白素已沉聲道：「是懷疑，還是有了證據？」

祖天開嘆：「大同說，只是懷疑，沒有證據。」

衞斯理忍不住咕噥了一句：「這個腦科醫生，該好好替自己檢查一下腦子！」

可是白素的反應，卻令得衞斯理瞪目結舌，一時之間，連呼吸都要暫停——白素一開口的第一句話，就叫衞斯理一口酒嗆在喉裏，幾乎沒有噎死！

白素道：「老爺子，常言道捉姦捉雙，只是懷疑，沒有用處——這樣，若你信得過我，我替你去跟她幾天，看看她是不是眞的另有男人！」

這幾句話，令得衞斯理目瞪口呆，可是卻令得祖天開感激莫名，這老頭子，用他蒲扇也似的大手，抱成了拳，向白素連連打拱：「白老大的閨女肯出馬，我有什麼不放心的！拜托了！拜托了！」

他重複地說了幾遍，又長長地吁了一口氣，像是千斤重擔已經放下，事情已解決了一樣。

衞斯理看著白素，白素向他一笑，眨了眨眼，衞斯理知道她必有原因，暫時只好不出聲。

祖天開道：「也不止是姦夫，更有可能，她也是受了指使來有所圖謀……謀王家的……傳家之寶！」

衞斯理一口悶氣無處可出，又聽得祖天開一再提及「傳家之寶」，就冷冷地道：「王家究竟有什麼傳家之寶？且說來聽聽，眞值得圖謀的，我也去試試，看是不是可以弄得到手！」

衞斯理這樣說，分明是意存調侃，可是祖天開一聽，反應強烈之極，霍然起立——絕不誇張，帶起了一股勁風，雙目圓睜，雙手握拳，指節骨「格格」有聲，劍拔弩張，如臨大敵！

衞斯理知道有些人在某些事上會特別緊張，連玩笑都不能開，但是他不出聲，想看祖天開進一步的反應。

祖天開沒有進一步的反應，他只是在突然間，感覺出自己太過分了，所以立刻坐了下來，連連喝酒，以掩飾他剛才的行動。

白素先是狠瞪了衞斯理一眼，但是她接下來說的話，卻令得衞斯理心中一樂。她道：「老爺子，你別惱，他說的什麼把王家的傳家之寶弄了來，那是說着玩的！」

白素十分善於掌握說話的技巧，她怪責衞斯理剛才的所說的話，是指責下半部，却不提上半部。可知她也想知道王家的傳家之寶是什麼！

祖天開如何會不知道白素的用意——正由於他知道了，所以他現出了猶豫之極的神情。

他畢竟年紀大了，不管他曾如何在江湖上叱咤風雲，但這時總是一個極老的老人，風燭殘年，看了他那種神情，很令人同情。

尤其衞斯理深知這類江湖豪客的性格，都是豪爽無比，乾脆之極，就算叫他自殘肢體，剁一隻手指下來，他都不會皺一皺眉，而居然還不肯說，可見他有難言之隱，他也不想再逼下去了。

所以，他忙道：「我說想知道傳家之寶是什麼，也是說着玩的！」

祖天開立時向衞斯理望了一眼，滿臉感激，可是他接着又道：「那東西，老爺和我一起拚了命得到手，不到臨終，不能告訴下代有這個傳家寶，告訴，也只能告訴一個。」

衞斯理取笑：「倒和皇帝傳皇位差不多！」

祖天開自顧自道：「少爺死得突然，沒能把這家傳之寶的秘密告訴大同，所以，是我在大同滿二十一歲那年，把秘密告訴他的。」

衞斯理知道，祖天開口中的「老爺」是王大同的祖父，「少爺」是王大同的父親。

這時，衞斯理的心中，也疑惑叢生，祖天開和王老爺可以共享那樣的秘密，那麼他們的關係，應該是朋友，不是主僕。

而且，王老爺只不過是一個商人，祖天開却是縱橫江湖，睥睨天下的大豪傑，又有一身武功，一定是一個性子極野的好漢，怎肯屈居人下，為人之僕？

這期間，又有什麼秘密在？

白素可能也在想着同樣的事，所以一時之間，兩人都不出聲。

在一旁的老蔡，這時忍不住插了一句嘴：「說了半天，說來說去，那家傳之寶是什麼啊！」

八、未來前途指示儀

所有人都沒有料到，老蔡這樣隨便一問，祖天開就有了回答。只見他先是深深吸了一口氣，然後又大大喝了一口酒，這才一字一頓地道：「許願鏡！」

白素和衞斯理，都熟悉中國各地方言，祖天開的語言，他們完全聽得懂，可是祖天開說了之後，兩人互望一眼，神情疑惑，顯然他們沒有聽明白那是什麼。

所以兩人齊聲問：「什麼？」

祖天開伸手在臉上一抹，重複：「許願鏡！」

他一面說，一面雙手比劃了一下大小，看來是直徑約二十公分圓形物。

白素和衞斯理又互望了一眼，衞斯理先唉了一聲，白素「嗯」了一聲：「許願……鏡？對着許願……所許的願，就會實現？」

白素問得疑惑之至，可是祖天開却答得十分正經：「是的，是這樣！」

衞斯理陡然轟笑，用力一揮手：「王家既然有哪樣的家傳之寶，在鏡前許一個願，要知道李宣宣的來歷，不就行了嗎？」

衞斯理不但感到好笑，而且十分生氣，因爲祖天開所說的一切，不合情理之至！

像對著什麼東西許一個願，這個願望就能實現的傳說，倒是古今中外都有的。在西方，有可以給人三個願望，有魔力的「猴爪」——關於這個猴爪，有一個十分悽慘的著名的故事。

也有的是「許願井」——向井中拋一些什麼東西下去，許一個願，願望就會實現之類。

祖天開一本正經說王家的祖傳之寶是一面「許願鏡」，不是有心和我們在開玩笑，就是他太無知了！別說世上不會有那樣的寶物，就算有，也不見得會落在王家。

因爲王家除了有些錢之外，並沒有什麼特別，王大同的父親且死得早，又死於意外。王大同本身雖然是出色的腦科醫生，但是那可以通過努力而達到目的，世界上的出色醫生又不是只有他一個！

王大同到中年才有婚姻，可知他的感情生活絕不如意，如果家中有着這樣的寶物，他幹什麼不用？

白素顯然也有同樣的疑問，所以衞斯理的話，雖然擺明可不信祖天開，白素也沒有出聲，只是望着祖天開。

以祖天開的人生閱歷之豐富，自然可以知道三個人心中在想些什麼，他先大大地喝了一口酒，然後，才伸手直指着衞斯理：「他問了！」

祖天開雖然是說了極簡單的三個字，可是那是他對衞斯理的問題的回答，所以具有極強烈的震撼力，也使人心頭，湧出更多疑問。

首先，那等於說，世上眞有「許願鏡」這樣東西，那東西是王家的傳家之寶。

其次，「許願鏡」這東西，眞的可以供人許願，許了願之後，願望實現。

再其次，王大同已經問了許願鏡，他的問題自然是：「鏡啊鏡，請你大顯神通，告訴我有關李宣宣的秘密！」

不論他是在什麼時候這樣做的，他必然都沒有得到答案，也就是說，有不可思議力量的許願鏡，也不知道李宣宣的來歷。

這使得李宣宣的神秘性，增加了一萬倍！

在各人的錯愕之中，祖天開又道：「問過了，可是沒有結果……嗯，也不能這樣說……唉，我一定要詳細說，你們才會明白。」

祖天開看到衞斯理和白素都在搖頭，所以急急忙忙這樣說明。

兩人異口同聲：「好，那你就詳細說吧！」

祖天開搓著手，喝酒，再搓手，再喝酒。他喝得很大口，酒液在通過他的喉嚨時，發出「嘓嘓」的聲響，可知他吞得很大口。

過了好一會，他才道：「我和王老爺，是如何得到這許願鏡的，那……不必說了吧！」

看他的樣子，倒像是很怕人家要他把這一點也說出來。誰知道衞斯理何等性子急，就怕他「從頭說起」，所以他立刻道：「不必了！」

祖天開鬆了一口氣，衞斯理到相當久之後，才知道他當時錯過了一個可能是他有生以來未能聽到過的最精彩的江湖傳奇故事！

祖天開道：「那是一面銅鏡，也不知是何年何月，是什麼神仙留下來的。對這面寶鏡，事前事後，我和王老爺都做足了功夫，可是所知還是不多，不是我不肯說，我知道的，都會說！」

衞斯理這時，倒覺得祖天開很值得同情，因爲他所受到的困擾，顯而易見，令得他精神狀態，多少有點不正常。所以，他伸手在祖天開的手背上輕拍了一下：「你不必一再聲明，我們相信你。事實上，對這面寶鏡……我們也算是見聞廣博的了，但是聞所未聞，不知道有這樣許了願可以實現的好東西！」

衞斯理這幾句話，說得十分誠懇，並沒有嘲諷的意思，祖天開自然可以感覺得出，他現出感激的神情，卻又說了句叫人難以明的話：「也不是許了願就能如願。」

各人都不出聲，等他作進一步解釋。

祖天開道：「詳細情形我不清楚，因爲我沒有對鏡許過願，只是聽王老爺說，許了願之後，鏡上會有景象顯示出來，指點人怎麼做，像……許願的人若是想發大財，鏡中就會現出人像來，那麼，找到這個人，就有助發財。或是現出物品來，那麼買賣這種物品，就可以發大財，大抵是如此。」

衞斯理和白素互望了一眼，心中都感到十分好奇，因爲這種情形，實在非常不可思議。

後來，衞斯理告訴白素：「我少年時期，見過一樣物事，外形像一段竹子，被稱爲『鬼竹』，若是對着它不斷地想一個人，那被想的人的肖像，就會出現，簡直像活的一樣，我見過！」

白素的分析力強，她立時道：「那物件能接收人的腦活動能量，轉化爲視覺所能接觸的形象？」

衞斯理鼓掌：「一言中的！」

當時，祖天開繼續道：「我知道王老爺求的是大財，他在鏡上看到的是什麼，我又不知道！」

老蔡插口道：「你也不能看？」

祖天開道：「不能，要寶鏡生效，手續很是複雜，先要揀一個時間，那時間根據這個人的生辰八字推算出來，推算的方法，就在鏡後。到了那時候，人要刺破雙手中指，各滴三滴血在鏡面之上，那六滴心血，在鏡面上慢慢反了開來，就現出了該看到的景象。」

老蔡有點埋怨：「祖老，你怎麼不也試一試？」

祖天開吸了一口氣：「六十年內，這寶鏡只能供一人或他的子孫使用，六十年為一期，才能由他人用。而且在這六十年中，也只能用一次。王老爺用了，少爺沒來得及用就死了，大同是最近才用的。」

衞斯理心中一動：「這寶鏡的六十年周期，是不是快屆滿了。」

祖天開深深吸了一口氣：「是的，到今年年底，就是六十年滿期之日。」

衞斯理和白素互望了一眼，兩人心中都在想，這個秘密如果被人知道了，那麼，派出一個絕色美女，用美人計來謀奪寶物，倒也不是不可能的事——這寶物不如一開始想的那麼有用，也非同小可了！

像王老爺，現在自然人人都知道他是靠販賣藥材，發了大財的。但是當他在求財之際，三百六十行，他怎知自己做哪一行才好？若是鏡上現出來的景象，清清楚楚是冬蟲夏草，桔梗黃蓮，那他投身藥材買賣，自然是水到渠成了，這寶鏡，可以說是一具「未來前途指示儀」，雖然每個人一生只能靠它指示一次，也就足夠了！

作為「先進科學儀器」來說，這許願寶鏡，當然比衞斯理少年時期見過的「鬼竹」進步多了！

衞斯理和白素，都習慣把一些難作正常的解釋，或傳說中難以理解的事，用他們自己的方法來假設。例如歷史上著名的寶物「聚寶盆」，就被他們假設為「太陽能金屬立體複製儀。」

祖天開看到他們的神情，已不像一開始時那樣不相信。他也高興了些，衞斯理道：「照說，這是王家的大秘密，除了你和王大同之外，不應該有人知道的！」

祖天開苦笑：「一來，可能是大同酒後不慎洩露了秘密。二來，世事再密，也有洩露的時候，六十年前，我和王老爺……就是無意中知道了有這個寶鏡的秘密，這才……得到了它！」

祖天開這時說來，輕描淡寫，但是他說過那寶物是他和王老爺「拚了命換來的」，可知得鏡的過程，一定十分驚險，說不定還有巧取豪奪的成分在內，所以他會說得那麼吞吞吐吐。

他又喝了幾口酒：「大同要娶那女子，他也為了那女子來歷不明，惴惴不安，恰好合他使用寶鏡的時間，就在那時候，他就來和我商量——」

王大同找祖天開商量的過程，十分詭異和神秘，有詳加敍述的必要。

那許願寶鏡，一個人一生只能使用一次的最主要原因。是由於一個人一生之中，只有這一個特定的時間，才能夠使用——那時間是根據其人的生辰八字計算出來的。

王大同能使用這寶鏡的時間，恰好在他求了婚，委托了小郭去查，沒有結果之後的幾天。

他和祖天開密談，地點是王家巨宅的小書房。一般來說，巨宅內若有小書房的話，那就是進行一切機密事情的所在。

王大同雖已是世界知名的大醫生，可是在祖天開面前，他也不必掩飾內心的焦急，祖天開才反手關上門，他就道：「開叔，不知道爲了什麼，我心中有……說不出來的憂慮，怕新娘子不知是什麼來歷，絕沒道理一個人會沒有來歷的！」

雖然祖天開也一直暗自憂慮王大同遲遲不婚，可是他也不很同意王大同娶李宣宣，原因在一開始，倒還不是爲了李宣宣來歷不明，而是他嫌李宣宣是「做戲的」。以他的觀念「戲子無義，婊子無情」，李宣宣自然不會是合格的新娘子！

而且，在他的觀念之中，當然也不會有什麼男女平等，他在王大同和李宣宣在一起後，一直在向王大同灌輸「女人要打，越是好看的女人越是要狠狠地打」的「道理」。當然王大同也不會受他的影響。

這令得祖天開很不滿意，他嫌王大同在美色之前竟軟弱了，沒有大丈夫的氣慨。

所以，這時王大同向他吐露心聲，他得其所哉，立刻道：「沒有來歷的，決不會是好人，撇了她，另外找一個名門淑女做老婆，好好地傳宗接代，你王家幾代單傳，你再娶了這樣的女子，只怕會——」

礙於他對王家的感情，他總算沒有說出「絕後」這樣的話來。

祖天開的話，王大同自然聽得不是味兒，他皺著眉，十分肯定地道：「開叔，這個女子我是娶定了的，我只是來和你商量！」

開叔也大是不悅：「你已經決定了的事，還找我來商量什麼？」

王大同欲語又止，十分躊躇，有好一會，只是踱來踱去，什麼也不說。

祖天開可沒閒著，他自顧自道：「沒有人會沒有來歷的，就算是妖精，也有來歷，唐僧到西天去取經，一路之上，遇到了多少妖精，還不是個個都有來歷，或是老君的守洞獸，或是老祖的拂塵！」

王大同揮著手，仍然不出聲，開叔繼續嘮叨：「你查不出，乾脆就問她！」

王大同煩躁之極：「她要是肯說，那倒好了！」

祖天開的濃眉一豎：「不說？吊起來打！倒吊她三天，看她說不說！」

眞要是把李宣宣倒吊起來打，只怕眞的能打出李宣宣的來歷，可是怎麼能這樣做？王大同一頓足：「開叔，現在是什麼時代，可不是你當土匪的時代了！」

王大同對祖天開的來歷，只怕也不是很了解，不然，他決不會這樣說——道理很簡單，祖天開如果眞的當過土匪，這樣說變成了揭他的瘡疤。要是他沒當過土匪，那是嚴重的侮辱了！

果然，王大同的話，大大傷了祖天開的心，祖天開當時就一言不發，走到了小書房的一角，坐了下來。

直到祖天開來找衞斯理，向衞斯理夫婦說起這段經過時，兀自氣得吹鬍子瞪眼。

後來，衞斯理和白素討論：「祖天開究竟有沒有做過土匪？」

白素道：「他專救被土匪綁架的人，那是和土匪作對的行為，怎麼會是土匪？」

衞斯理道：「很難說，在那種混亂的時代，在江湖上，黑白兩道的界限，不是那麼清楚，何況，他被殺頭的時候，不就是江洋大盜嗎？」

白素笑：「研究這個幹什麼？」

衞斯理的回答是：「我對於這一類亂世的江湖人物的傳奇生活，很有興趣，那是百分之一百以力為勝，人獸不分的時代！」

白素想起她的父親白老大，以高級知識份子的身分，投入人獸不分的江湖洪爐之中，體驗人性的醜惡和良善，她也不禁十分感慨。

却說當時，王大同似乎並沒有注意到祖天開已大大地生了氣——以往，他們兩人之間，若是開叔生氣了，王大同總會去勸開叔，討他的歡喜，要他別再生氣。

但這次，他仍自顧自在踱步，倒是開叔，生了一會氣之後，看出事情非比尋常，就大聲問：「怎麼啦，還有什麼想不開的？」

王大同長嘆一聲：「她說了，要是我再問她的來歷，她就和我一刀兩段，各分東西！」

當王大同說到這句話最後八個字時，面肉抽搐，形容可怖，宛若已到了世界末日一樣！

祖天開倒也不是一味使蠻的人，他看到這等情形，心知王大同入迷已深，無可藥救，所以長嘆一聲：「那你就別再理會她是什麼來歷了吧！」

祖天開拿得起放得下，事實上，處於王大同那樣的境地之中，這是唯一的辦法，也是最好的辦法，當日原振俠就當眾點醒過王大同。

可是王大同的性格，又婆媽，又執拗，他卻搖頭：「不行，我非弄明白不可！」

他在表示了自己的決心之後，忽然道：「開叔，我二十一歲生日那天，你告訴我的那番話，是不是眞的？」

祖天開漲紅了臉：「大同，我什麼時候，撒謊騙過你？你別瞧天上沒有雲，就講這種話！」

祖天開的話也說得很重——天上若是有雲，就會閃電行雷，王大同對開叔的話表示懷疑，那是要天打雷劈的！

王大同苦笑：「開叔，實與你說，我聽了之後，那麼多年來，一直沒有信過你的話，根本不相信那許願鏡有這樣的用處！」

祖天開直跳了起來，伸手指着王大同，又驚又怒，以致於一時之間，說不出話來。

王大同嘆了一聲：「可是人到了沒有辦法時，就什麼方法都要試一試，前幾天，我取了鏡子出來，照鏡後的方法算了一下，我能許願的日子，就在今天！」

祖天開一著急，連聲音都變了，他雙手亂搖：「大同，這寶鏡，你一生之中，只能用一次，你可想清楚了，爲了要弄清楚這女人的來歷，你竟捨得用寶鏡？」

王大同的回答是：「我只盼鏡子眞有用！要是我能弄清心中的這個謎，什麼代價我都肯付！」

祖天開自然也熟悉王大同的脾性，所以他盯著王大同看了好一會，才頹然道：

「那也只好由得你了！」

他說了之後，又補充了一句：「要是能知道他子孫會把寶鏡作這樣的用途，王老爺當年絕不會拚了性命把寶鏡弄到手！」

祖天開當時這樣說，王大同沒有什麼特別反應。反倒是他欷歔地向衞斯理複述經過時，衞氏夫婦的反應相當強烈。

先是衞斯理問：「你一再說那寶鏡是拚了命才到手的，究竟是怎麼到手的？」

這是衞斯理好奇心大發的典型表現。祖天開一聽，先是長嘆了一聲，接着又半晌不語，才道：「是多少年之前的事了，不想提……不願提……也不必提了！」

本來，這樣的回答，是絕不能讓衞斯理滿意的，可是由於祖天開說的時候，語音哽塞，神情悲痛，眼神散亂，像是刹那之間，老了不知多少，可見往事必然有難言的隱痛，是心頭血淋淋的傷痕，衞斯理心中不忍，所以便沒有再追問下去。

白素的反應和衞斯理大不相同，她勸道：「開叔，王醫生有名有利，什麼都有了，他只想娶一個心滿意足的妻子，用這寶鏡來解開他心中的謎團，再恰當不過！」

祖天開望了白素半晌，仍是不同意白素的說法。衞斯理性急，已在催：「王醫生使用了那許願鏡之後，得到了什麼指示？」

祖天開長嘆一聲，現出十分古怪的神情。

九、白素出馬相見恨晚

祖天開找上衞府來的時候，是王大同和李宣宣成婚之前幾天——開叔認爲事情十分緊急了，所以才硬着頭皮來找衞斯理的。

其時，離這個故事一開始就敍述了的大慘禍的發生，約有半年左右。當時，不論是誰，就算從最壞的角度去推測，都絕料不到事情會有那麼可怕的發展。

當下，祖天開的神情，很是特別，可知王大同在寶鏡上滴血之後，得到的指示，十分古怪。

王大同計算出來適合他向寶鏡許願的時間，是當日接近午夜時分。

當王大同進行許願時，旁邊不能有任何人，也不能有任何打擾，所以，祖天開就理所當然，成了護法。

祖天開很自然地把他當晚的職責，稱爲「護法」，據他的說法是，那寶鏡是神仙留下來的法寶，王大同要引法使法寶顯神通，他是保護法術順利進行，那麼，當然他擔任的是護法的角色了。

他還說：「當年，王老爺向寶鏡許願，也是我擔任護法的！」

王大同算準了時間，先和開叔一起在小書房的一個隱蔽的保險箱中，把那面寶鏡，取了出來。

祖天開輕撫着寶鏡，神情感慨，當然是又想起了他和王老爺當年，拚了命把它弄到手的情景。

等到時候將近，祖天開又叮囑了一遍，並且勸王大同在最後關頭，改變主意，他的勸說沒有成功，黯然離開，關上了小書房的門，移過一張椅子，就在門口坐了下來。

那時，李宣宣還未曾過門，大宅之中，除了王大同、祖天開之外，就是四個男女僕人（李宣宣來了之後，多了兩個女僕和女主人），所以可以肯定，不會有人來打擾——事先早已吩咐好了，所有電話、門鈴，一切可以出聲打擾的物件，全部在一段時間內，不會出聲，連那幾頭狠狗，也一早被送到了狗場去暫住。

開叔坐在小書房的門口，他也不禁在想：未過門的新娘子，究竟是什麼來歷呢？

他認定了一個原則：新娘子的過去，一定見不得人，不然，哪會有這種古怪的情形出現。他也知道，王大同一定要弄清新娘子的來歷，只怕也是由於這一點！王大同畢竟是社會上有頭有臉，有名譽有地位的人物，若是娶了一個有不光彩過去的女子爲妻，那可是一件慘事！

他對寶鏡的神奇功用，並無懷疑，所以他知道，謎底很快就可以揭開了！

祖天開在門外，等了十五分鐘之後，開始有點焦急——他記得很清楚，許多年之前，王老使用寶鏡，他守在門外，只不過一柱香功夫，現在，時間已經將近一倍了！

不過，他並沒有不安，因爲對他來說，可供緬懷的往事太多了。

他想到了王老爺那次使用寶鏡，並不能肯定寶鏡是不是真有這樣的靈效，等到他大喜若狂，開門出來時，這才肯定了的。

當時，王老爺歡喜得全身發抖，拉住了祖天開，當天罰誓：「天開，從今以後你我有福同享，多謝你讓我用這寶鏡。」

祖天開對衞斯理和白素，一點也不見外，什麼話都說，連當時在小書房門外，他想起了往事的經過也並不保留，衞氏夫婦聽了，互望一眼，心中都又生出了新的疑惑，後來他們曾討論過。

他們先擬了一個大概：王老爺和祖天開兩人，同心合力，千辛萬苦，把許願寶鏡弄到了手，但由於寶鏡在六十年內只能供一個人和他的子孫使用，而祖天開慨然把使用權讓給了王老爺，所以王老爺目的既達，對祖天開感激莫名，許下了諾言。

王老爺後來成了巨富，衆所皆知，祖天開爲什麼仍和他主僕相稱呢？雖說開叔在王家有極高的地位，但是他自甘爲僕，總是十分奇怪的事。尤其他是江湖大豪，綁赴法場却砍不了頭的人，是桀驁不馴的野漢子，怎麼會心甘情願，一輩子屈居人下？

這當中，一定有異樣的故事在！

只不過那時，祖天開只說了一點，沒有再說下去，當然也不便追問。而且，衞斯理當時性急想知道王大同許願之後的結果。

祖天開沉醉在往事之中，時間倒過得還快，可是在又過了十五分鐘之後，他站了起來，盯著小書房的門，覺得事情大是不對頭——太久了！

好幾次，他幾乎忍不住，要伸手拍門，但又怕打擾了王大同，會有更壞的後果，所以又硬生生忍了下來。

又等了十分鐘，祖天開急得在門外團團亂轉——人在轉動，有許多時間，背對着小書房的門，所以，當他又一次轉動，變得面對房門，看到王大同已打開了門，正站在門口之際，他又驚又喜，尖聲叫：「大同，怎那麼久？」

他問了一句，才看清了王大同的情形，陡然像是頭頂上被千斤重鎚敲了一下一般。

用祖天開的話來形容王大同當時的情況：「大同他已經死了！雖然他還站着，但是我一看到他，就感到他已經死了！因爲只有死人，才有這樣死灰一樣的臉色！他直挺挺地站在那裡，甚至沒有出氣入氣，全身都是冰冷的，有股陰森森的寒意——十足是個死人！」

衞斯理驚訝於他的那種直接的形容方法，「喂」地吸了一口氣：「你說得他眞的像死人一樣！」

衞斯理自然知道，那時王大同絕不是死人，他後來還舉行了盛大的婚禮，娶李宣宣爲妻，還神秘莫測地闖下了彌天大禍！

祖天開苦笑了一下：「老實說，我是在死人堆裡打過滾的人——眞是死人，臉色也沒有那麼難看！」

祖天開一看到王大同的情形如此之糟，而且全身皆濕，那不是水淋，而是叫汗濕透了的，祖天開吃驚之至，伸手去扶王大同，王大同一翻手，用冰冷的手，抓住了開叔的手腕，了白的口唇劇烈顫動，硬是連一個字也說不出來。祖天開當機立斷，先扶他在門口的那張椅子上坐了下來，再探頭向小書房看去。

這時，如果他看到小書房中，爬滿了九個頭十八隻脚的怪物，他也不會更奇怪的了！

可是，小書房中，並沒有異樣，他看到那面寶鏡，在書桌上，鏡面上還有血跡，那自然是王大同剛才，刺破了雙手中指，滴上去的。

祖天開一句話又要衝口而出，却又硬忍了下來，因爲那句話是不能問的——也是使用寶鏡的規矩。他想問的話，自然是「你在鏡上看到了什麼」。當年，王老爺在鏡上看到了什麼，祖天開沒有問。

當祖天開敍說到這裡的時候，不但是衞斯理，連白素也忍不住站了起來。

衞斯理不客氣地責問：「什麼？王大同在鏡上得到了什麼指示，說了半天，你不知道？」

祖天開理直氣壯：「我當然不知道——鏡上顯示了什麼，只有用寶鏡的人知道，他也不能說給別人聽，我又怎麼會知道？」

衞斯理還想責備祖天開，可是想了想，祖天開從來也沒有說過他知道，是自己一直在誤解他知道！

所以，他一時之間，說不出話來，白素嘆了一聲：「老爺子，你一上來就說有男人，有姦情，我們都以爲是王醫生在鏡中看到了的！」

祖天開聽得白素那樣說，大搖其頭。

祖天開一面搖頭，一面道：「不是，那是我想的。當時大同的樣子如此可怕，你們想，若不是新娘子讓他戴了綠帽子，他做了王八烏龜，怎會這樣子？我想來想去，定是爲了這個，所以才求你們來了，嘿，演戲的戲子，能有乾淨的嗎？那種人——」

衞斯理和白素同時伸出手來，幾乎沒有同時指住他的口，不讓他再發揮下去。

衞斯理問：「後來又怎麼樣？」

祖天開道：「我看到書房沒有異樣，心中奇怪，又不能問，就先替他推宮拿血，好久，他才長長吁出了一口氣，身上也有了人氣。」

王大同吁出了一口氣之後，臉色漸漸回復了正常。祖天開雖然替王大同推宮拿血，但用的只是一隻手，因爲他另一隻手，一直被王大同緊緊握著，直到他手心也有了暖氣，這才鬆開來。

王大同口唇掀動，想要說什麼，祖天開心中雖然好奇之極，但是却反而立即告誡王大同：「不能說，鏡中所看到的預示，對任何人都不能說，只能你一個人知道。」

開叔在這樣說了之後，還不放心，又叮囑了一句：「對新娘子也不能說，說了會有不測的巨禍！」

王大同呆了一會，才問了一句：「爺爺當年在鏡上看到的是什麼，也沒對你說？」

祖天開回答得斬釘截鐵：「我和你爺爺，可以說是過命的交情，可是他也沒說！」

王大同這才深深地頓了一口氣，向祖天開揮了揮手，又走進了小書房，對開叔說：「你去休息吧，我已經沒有事了，一切都——想要什麼，就得到了什麼，那豈不是很好嗎？」

王大同關上了門，祖天開在門外又徘徊了片刻，這才去休息，當晚，自然睡得不好，到了第二天，王大同已像是什麼事也沒有發生過，可是祖天開不放心，琢磨了三天，想出了他認爲王大同情形那麼可怕的原因，這才想到找衞斯理來幫忙！

祖天開的敍述完畢，他攤了攤手，表示一切都已經說完了。

衞斯理向白素一揚眉，意思是問：「你還要出馬去跟踪新娘子？」

白素皺著眉，不理會，自顧自道：「這樣說來，王醫生是知道新娘子來歷的了？」

祖天開點頭：「是，寶鏡顯靈，他看到了。」

白素又道：「照當晚的情況看來，新娘子的來歷一定可怕之極！」

幾個人聽了白素的分析，一起點頭。

白素問：「那麼，他有沒有表示要取消婚禮，或是減少和新娘子見面？」

祖天開搖頭：「沒有，婚禮的籌備得熱火朝天，他們還是每天見面！」

白素笑了起來：「那你就不必擔心了，他知道了新娘子的秘密，還願意娶她，你還擔心什麼？」

祖天開搓著手：「我總覺得很不妥貼……有一句話不知該不該說，新娘子若是什麼妖精，那當然有迷人的本事，大同受了迷惑……」

衞斯理笑了起來：「我可不是大法師，沒有捉拿妖精的本領！」

白素却道：「老爺子，我明白你的意思了，該做的事，我還是替你去做，你放心！」

祖天開大喜過望，又連連拱手，臨走時又恭維白素：「新娘子雖說好看，可是和白姑娘你比，就不如多了，看到了白姑娘，就不會叫人想到妖魔鬼怪什麼的！」

衞斯理哈哈大笑：「謝你這番話，我第一次看到她，想到的是天上的仙女！」

祖天開「嘖嘖」連聲：「一定，那是一定的！」

千穿萬穿，馬屁不穿，白素的笑容，登時璀燦如陽光。送走了祖天開之後，兩人商議，先是衞斯理問：「你眞要管這閒事？」

老蔡聽了不樂：「衞哥兒，你幫了開叔的忙，就等於幫了我的忙。」

衞斯理苦笑：「王大同已經知道了李宣宣的秘密，仍然心甘情願娶李宣宣爲妻，他又不是小孩子，外人似乎不必多事了！」

白素揚眉：「了解一下情形，也沒有損失，況且，一個沒有來歷的人，多麼有吸引力，這還是衞斯理的行事方式，怎麼衞斯理本人反倒試圖阻止？」

衞斯理無話可說，確然，一個「沒有來歷」的人，是值得追索的！

（早些年，女俠木蘭花曾追索過一具沒有來歷的怪屍。）

（近些年，年輕人和他的公主，追索一個沒有來歷的美女追進了「神話世界」之中。）

衞斯理攤了攤手：「有需要我幫助的話，請告訴我，我會盡力。」

白素竟然立即就道：「有，想以記者的身分接近李宣宣，請你安排一下。」

安排一個大報記者的身分，讓白素去接近李宣宣，是十分容易的事。

可是事實上，那種安排，被證明一點用都沒有。李宣宣聽電話，一聽到白素自報姓名之後，呆了一秒鐘，她並沒有問「你就是那個白素」，而是問：「衞夫人？」

白素也呆了一秒鐘：「是！」

李宣宣笑了一下：「看來我不能拒絕，請你定時間地點，我一定來。」

白素訂的時間地點是第二天下午，在衞斯理的住所。下午，當李宣宣翩然而來的時候，兩個美人互望了相當久，才熱烈地握手，看來，她們互相都很喜歡對方，至少不會有抗拒感。

那天衞斯理不在，老蔡探頭探腦，打量了個夠，後來在見到了衞斯理之後，發表他的意見：「可眞是個美人兒，倒也不像是什麼妖精。」

白素開門見山：「我其實是假托了記者的身分的！」

李宣宣笑：「其實，堂堂衞夫人，想要見我，也不必假托任何身分！」

白素的話更直接：「恭喜你，快結婚了，人家都說你的身分神秘之至！」

李宣宣嘆了一聲：「其實也沒有什麼神秘，只是一來，不願意提起往事……人總有點傷心往事，是絕對不想提起的，是不是？」

她在那樣說的時候，一雙黑白分明的大眼睛，望定了白素，眼波盈盈之中，大有淒苦的神色，極惹人同情。

再加上她的話，恰好觸動了白素內心深處的一樁極大的傷痛，這件傷痛的事，白素和衞斯理都將之埋在內心最深處，用鮮血凝成塊，封了起來。

可是無論怎麼不提起，想全部忘記，那也是不可能的事，所以這時李宣宣這樣說，白素的心頭，一陣絞痛，連太陽穴下的血管，都跳動得劇烈。

（白素和衞斯理埋藏心底的大傷痛，最近終於爆發，結果皆大歡喜。凡是熟悉他們的朋友，是應該都知道的了，不必在這裏多說。）

李宣宣看到白素的反應如此強烈，也有點意外，停了片刻，才道：「二來，在娛樂圈，總要有一些特色，才能引起公眾的注意，『沒有來歷』，『身份成謎』都是有利宣傳，吸引公眾的好話題！」

李宣宣說得十分簡單，但是白素卻全部接受了她的解釋，因爲她這番話，確然合情合理之極。

白素立時向李宣宣道歉：「對不起，是我多事了！」

白素接受了李宣宣的解釋，自然不再去探聽她的身世來歷，兩人繼續閒談，竟然越談越投契——這絕不是容易的事，白素的腹笥之寬，人所皆知，可是李宣宣各方面的知識豐富，見解超脫，看來和她的年紀，絕不相稱，兩人竟然相見恨晚！

那次見面，距王李聯婚，只是十天，在接下來的十天之中，白素和李宣宣，幾乎每天見面，在婚事上出了不少力，自然而然，成爲婚禮上，女方的主婚人。

衞斯理極怕這種場面，所以他始終沒有出面，只是在婚禮上作爲普通的賀客。

婚禮當晚，白素和李宣宣兩人並肩一站，沒有人不讚嘆她們鍾天地之靈秀的。

也就是在婚禮進行的時候，小郭和衞斯理嘀咕：「看到沒有，新郎有點心神不定，不知道自己的妻子是什麼來歷，總不會是件愉快的事！」

衞斯理本來想告訴小郭，王大同已經知道了李宣宣的來歷。可是一轉念間，他沒有說出來。

不說的原因是，一來，事情很複雜。二來，牽涉到那面寶鏡，祖天開曾一再強調，那是王家的大秘密，由他說了出來，已是大大不該。

雖然祖天開沒有叮囑說不能傳出去，但衞斯理當然明白應該保守秘密的道理。所以，他改口說的是：「新娘子的來歷查不出，證明是你這一行無能！」

小郭大是悻然，但這既然是事實，他也只好接受失敗，所以長嘆了一聲。

不過，小郭說得對，王大同確然有些心神不定，衞斯理也看出來了。

那一晚，衞斯理先走，白素在兩小時之後回家，衞斯理第一句話就問：「新郎沒出事吧？能支持到最後？」

白素才坐下，一聽就站了起來：「你也看出王醫生有點神不守舍？」

衞斯理點頭：「不難看出。」

白素側著頭想了一會：「我問了他三次，是不是有什麼需要特別幫助，他都說沒什麼，他自己也感到不對勁，所以解釋說，他太高興了，太緊張了，也太疲倦了，所以才會那樣心神恍惚。」

十、把這妖精活活燒死

衞斯理默然，白素又道：「至於整個婚禮，進行得很順利，也沒有什麼特別礙眼的人出現！」

衞斯理揚眉：「你至少應該暗示一下，說他已知道了李宣宣的秘密！」

白素皺眉：「那怎麼可以，這樣做，豈不是告訴他，開叔洩露了機密？萬萬不能！」

婚禮上，祖天開是男方的主婚人，這一點，很有些人不明白，何以一個管家可以當主婚人，但是看到新郎新娘，都對他尊敬無比，旁人就算心中奇怪，也不好說什麼。

白素追問了一句：「你究竟在懷疑什麼？」

衞斯理的回答是：「使用完了寶鏡之後，王大同的神態如此可怖，是最可疑之處！」

白素不同意：「有可能是開叔誇張了當時的情形。更有可能，李宣宣有一個極其悲慘不堪的過去，是王大同那種自小養尊處優的人所絕想不到的！」

衞斯理也只好接受白素的假設，他又問了一句：「你猜，婚後，王大同會不會把有這面寶鏡的事，告訴他的妻子，還是保守秘密？」

白素道：「那得看他們方面的愛情如何了！」

衞斯理想了一想：「那面寶鏡，六十年期限已過，再留在王家，只不過是一面普通的銅鏡而已！」

衞斯理和白素都有一種習慣，尤其是衞斯理，那就是：相信了一件事之後，就對這件事全盤接受，包括許多不可解釋的現象在內。

衞斯理常說：先承認了事實，再加以鍥而不捨的探索，這是眞正的科學精神。動不動就否認，說不可能，那種態度最不科學。

像有關祖天開所說的那面「許願鏡」，衞斯理對之一無所知，只知道它有那種古怪的功用，但是他既然接受了它確然有那種功能，也就附帶接受了其他，例如只能爲一個人和他的直系子孫運用六十年，他也相信確有其事——道理何在，可以慢慢研究，也不一定必然有結果。有太多的現象，結果可能要在一千年，一萬年之後，人類才能有緣得知。

白素一聽得衞斯理那樣說，一揚眉，知夫莫若妻，俏臉上有似笑非笑的神情：「你想怎麼樣？」

衞斯理攤了攤手：「我的意思是，祖天開也知道這一點，那次，我提到想把那面鏡子弄來玩玩，他就不必那麼緊張。而且，他也不必懷疑李宣宣在圖謀那寶鏡，事實上，那鏡也不能再稱爲王家的傳家之寶！」

白素仍然似笑非笑地望著衞斯理：「別轉彎抹角了，你究竟想做什麼？」

衞斯理「哈哈」大笑：「想瞞你比做什麼都難——我想把這面寶鏡，弄來看看，說不定我也可以向它許一個願，看看將來。」

白素對衞斯理這樣的說法，不置可否，忽然，她現出了極度惘然的神情，像是在自言自語：「如果寶鏡可以回答問題，你會問什麼？」

白素這句話一出口，衞斯理陡然震動了一下，臉上的笑容陡然僵凝。那時，白素的視綫並不在他的身上，所以他那種怪異和神情，並沒有人看到。

但是，那只是極短的時間，至多半秒鐘，他的笑容又恢復了，他伸手在自己的臉上抹了一下：「問得好，我竟然不知道自己該問些什麼！」

他的那種神情模樣，白素心中雪亮，知道那是他努力在掩飾，想忘記記憶中的巨大哀痛，看來他很成功。

衞斯理而且立刻轉變了話題：「你和李宣宣成了好友，你覺得她這個人怎麼樣？」

白素眉心打結，想了一會：「很難說，她常識豐富，十分渴求知識，性格有適度的高傲，實在是一個理想的妻子——我看不到她的內心世界，也沒有在這方面作過努力，因爲我認爲企圖去認識他人的內心世界，絕對是一件徒勞無功的事！」

衞斯理鼓了幾下掌，喃喃地道：「是，別說了解他人的內心世界了，甚至，要了解自己的內心世界，也不是容易的事！也不是容易的事！」

他說了之後，過了一會，又道：「困難之至，嗯，困難之至！」

衞斯理抬起頭來，望向白素，白素也恰好在這時望向他，四目交投，夫妻二人，莫逆於心。

李宣宣和王大同婚後，一切看來，都是那麼美滿。祖天開來過好多次，有時只有衞斯理在，有時只有白素在，有時兩個人都不在，他就和老蔡聊聊，老蔡對他十分崇敬。

開始的時候，祖天開還難免有點惴惴不安，因爲他忘不了那晚王大同許願之後的可怕情形。

可是幾個月下來，他也慢慢習慣了，每提起李宣宣，他就拍自己的大腿，由衷地道：「新娘婦眞是沒得說的，只能說她一個字：好！就是那一點，讓人心中……會有一些疙瘩，別的什麼都好！」

他的所謂「那一點」，自然是指「來歷不明」而言。

李宣宣一直來歷不明，白素也沒有再向她探聽過。李宣宣在婚後，和白素也保持了相當頻密程度的接觸。

在那件慘事根本連影兒也沒有的時候，衞斯理和白素已經和李宣宣十分熟稔，這一點，是後來想見李宣宣而不可得的陳長青和小郭所不知道的，也不是自以爲獲得了許多資料的高級警官黃堂所知道的。

衞斯理和王大同，也見過幾次，但都是很多人的場合，談不上有什麼交情。

衞斯理相信人與人之間有「緣分」——用他的說法，是腦電波的頻率相合，合了拍，自然會一見如故，成爲好友。否則，格格不入，那自然是話不投機半句多了。

如果沒有那件慘事發生，這種相安無事的情形，維持下去，三年五載，只怕所有人都會對李宣宣來歷不明一事淡忘了——既然一切正常，自然不會再有人追究。其間，只有兩件事，在以後又發生了許多事之後，回想起來，是値得記述的。

兩件事都和祖天開來訪有關。

第一次，祖天開來訪，衞斯理正有事要出去，只好由老蔡和開叔閒談。衞斯理匆匆走到門口，忽然問了一句：「開叔，你想王醫生有沒有把寶鏡的事，告訴新媳婦？」

衞斯理不過是隨口一問，可是祖天開却回答得十分認眞：「我千叮萬囑，令他萬萬不能說。他要是聽我的話，自然不會說。唉，不過也難說得很，娶了媳婦不要娘——連娘都可以不要，我算是什麼呢？」

祖天開忽然那樣感慨，衞斯理不好意思立刻就走，所以又道：「其實也沒有什麼大不了，那面寶鏡，再留在王家，也沒有意思了，六十年的期限一到，就只不過是一面普通的銅鏡！」

祖天開一聽得衛斯理那麼說，立刻就道：「可是對別人來說，那仍然是稀世奇珍！」

衛斯理心想，這倒是人類的普遍心理——自己沒用的東西，也不肯隨便給人，他忽然又問：「開叔，一個人一生，只有一個特定的時間可以使用這面寶鏡，你的那個時間，是已經過去了，還是沒有？」

這又是隨便一問，可是祖天開却沒有回答，轉過了頭去，當作是沒有聽到一樣，僵了三十秒鐘，衛斯理沒有再等下去，就揮手離開。

後來，老蔡告訴衛斯理：「開叔說，他使用那寶鏡的時候還沒有到！」

衛斯理笑：「他長命，要是早死，有寶鏡也沒有用！」

老蔡攤手：「可不是，我的時間早過去了，不然，要他把鏡子拿出來，也好許個願！」

這一件事，在當時看來，無關緊要，但後來才知道很有關連。

第二件，也是祖天開來訪，那次，是在那件慘事發生之前七八天的事——或許沒有那麼久，只是四五天，但由於當時誰也想不到會有那麼可怕的事發生，所以也沒有什麼人去留意正確的日子。

那次祖天開來訪，衞斯理不在，白素才從法國見了她父親白老大回來，所以見了祖天開，話題很多。

白素與高釆烈：「家父說，開叔當年在魯皖山區，威震黑白兩道，是了不起的英雄好漢！」

本來，這種「話當年」的話題，應該是祖天開這樣的老年，最有興趣的了，可是這一次，祖天開才一進門時，神色就十分張惶，這時，聽了白素的話，他也只是勉強笑了一下：「都是些陳年往事了，沒什麼值得提的！」

白素看出他心事重重，也就不再說什麼。過了一會，祖天開才道：「大同……這幾天……好像有點心事，很是不對勁。」

白素笑了起來：「開叔，大同不是小孩子了，他會處理自己的事！」

祖天開一瞪眼：「要是有人想對他不利，我可不能閒著，非得伸手管一管！」

白素訝然：「誰會對他不利？」

祖天開神情沮喪：「不知道，像是有人在電話中威脅他……恐嚇他……唉，娶了媳婦之後，我和他也生分了，不像以前那樣親熱了！」

白素默不作聲，因爲她對於這種傳統的「老人心態」，絕無好感——在下一代成婚之後，老一代都會產生那種「和我疏遠了」的埋怨，卻不想想，那是必然的事。

白素只是道：「什麼叫『像是有人』？有就是有，沒有就是沒有！」

祖天開伸手抓頭：「有幾次……兩三次，他聽電話到一半，就用力摔下電話，現出很害怕的情形，而且，電話一定再響，他不聽，也不讓我接聽。問他，他就說沒有事情發生，可是我從小看他長大，他不說心裡話的那樣子，我如何會看不出來？」

這幾句話，倒是完全可以相信，王大同的一舉一動，自然都瞞不過開叔的眼睛。開叔又遲疑地道：「事情，好像和新媳婦有關。」

白素聽得開叔那樣說，也有點緊張：「怎麼會和宣宣有關呢？」

祖天開吸了一口氣：「有一次，大同在重重摔下了電話之後，新媳婦恰好從樓梯上走下來，大同就衝着她叫：『求求你告訴他，別再向我追問什麼，我眞的不知道，什麼也不知道！』」

白素不由自主，直了直身子，因爲王大同的這種行動，十分不正常，她問：「宣宣怎麼說？」

祖天開再吸了一口氣：「新媳婦一聽，就站在樓梯上，我隔遠看去，也可以看到她臉色了白，她什麼也不說，就那麼站了一會，轉身就上了樓。那一晚，他們本來是準備去參加一個宴會的，都打扮好了，後來就沒再去！」

事情聽來更不尋常了！

當白素把這種情形，轉述給衞斯理聽的時候，衞斯理忙問：「後來怎麼樣？」

白素笑：「你怎麼像小孩子聽故事一樣？第二天，就好像什麼事也沒有發生過。」

衞斯理和白素，作了好幾個設想，都不得要領，衞斯理提議：「你和李宣宣是好朋友，不妨去問問她！」

白素面有難色，衞斯理獻計：「可以旁敲側擊，不必開門見山！」

白素果然去旁敲側擊了一次，可是一點結果也沒有，李宣宣的回答是：「哦！那次宴會！我忽然頭痛，就沒有去，反正幾百人的場合，多幾個人少幾個人都不要緊。」

衞斯理和白素，早就知道王大同有神秘的電話，在向他逼問什麼，比陳長青、小郭和黃堂在護士口中得知有這種情形早得多。

那一次，白素曾囑咐祖天開，繼續留意是不是還有這種「電話恐嚇疑案」，但卻沒有結果，猜想，是由於祖天開留意時著了痕迹，電話就不來了，或是打到醫務所去，和利用了王大同的無綫電話。

在慘事發生前的一晚，祖天開曾和老蔡用電話聯絡：「請轉告衞哥兒夫婦，大同的情形很不對，昨晚在小書房，踱了一夜的步，我看事情和新媳婦有關，他不住叫她的名字！」

祖天開可以犧牲自己的時間，去留意王大同的一舉一動，衞斯理和白素不能。

所以，當老蔡把這幾句話，轉到衞斯理的耳中時，慘事已經發生，只是老蔡不聽電台，所以還不知道！

衞斯理一聽到了王大同醫生駕車闖了那麼一個大禍，先是陡然一怔，接着，連連頓足。衞斯理感到自己疏忽了——祖天開一再表示了他的憂慮，可是他從來也沒有重視過。

現在，已証明了祖天開的憂慮正確，可是那是什麼樣的代價之下才得出的証明。

衞斯理當時，正在一家私人會所中，和幾個朋友相聚，他立即打電話給老蔡：「快聯絡祖天開，請他到我住所來，如果他不說什麼，你也別對他說什麼！」

老蔡顯然不明白衞斯理這樣吩咐是什麼意思，他在電話中道：「開叔昨天來過，說了一些話……」

他就在電話中，把祖天開所說，王大同的情形很不對勁這一節，向衞斯理說了一遍，聽得衞斯理又連連頓足——如果祖天開來的時候他在，那就可能事情和如今不同。

他飛車回到住所，一進門，已看到了祖天開，祖天開的面色難看之極，衞斯理進去的時候，他正在拍桌子，對着老蔡大罵：「那妖精，那妖精竟不讓我到醫院去看大同，哼，要是叫我查出，大同是叫她害的，我要把她活活燒死，燒得她吱吱亂叫，現出原形來，看看究竟是什麼妖精，在人間作怪！」

祖天開咬牙切齒，一口氣罵下來，聲若洪鐘，衞斯理來到了他的身側，看到他面肉抽搐，雙眼之中，像是要噴出火來。

他一見了衞斯理，神情更怒，厲聲問：「是不是那妖精害的？」

衞斯理明知故問：「你說的是哪一個妖精？」

祖天開張大了口，喘著氣：「還有哪個？」

衞斯理嘆了一聲：「你先別衝動，她現在在什麼地方，在醫院？」

祖天開點頭：「是，我和她一起趕到醫院，她卻不讓我見大同，那些鬼醫生也幫着她趕我走，哼，說不定就是串通的，是怎麼樣？說是大同駕車撞死了幾個人，自己也受了重傷。」

剛才在車中，衞斯理已通過一些朋友，知道了比新聞報道更多的資料，他擇要說了，又和白素聯絡，請她立刻回家來。同時，他對祖天開道：「我是醫生，也會趕你走。受重傷的人要靜養，哪裡容得你大呼小叫的，而且，她是大同的妻子，是大同最親的親人，就算你是大同的親爺爺，也親不過她。」

祖天開怒道：「誰說的？還有倫常綱紀沒有，親爺爺也不如一個外頭討來的女人，你們這種新派規矩，就是天下大亂的原因！」

衞斯理知道要向祖天開解釋明白，只怕要三年五載時間，所以他也提高了聲音：「總之，她絕對有權不讓你接近大同。你不能因爲這一點，就說她是妖精！」

祖天開胸脯起伏，呼哧呼哧地喘氣：「總之，大同出事，是由她而起的，昨晚，大同一夜沒睡，叫她的名字！」

衞斯理問：「那時，她在什麼地方，在做什麼？」

祖天開悶哼一聲：「睡覺！出來看了一次，也沒有把耳貼在門上，聽大同有什麼動靜。」

衞斯理這才明白，王大同在小書房中，叫李宣宣的名字，是祖天開把耳朵貼在門上聽到的，他立時問：「你還聽到了些什麼？」

祖天開道：「他在自言自語，可見實在聽不清楚，只是不斷嘆氣，唉，我耳力也大不如前了，以前，我能同時分出幾十種聲音來！」

這時，白素也回來了，白素顯然也聽到了噩耗，她一進來，衞斯理就道：「王大同由於精神狀態極之不正常，才出了車禍，而他精神不正常，相信和李宣宣有關。」

白素對衞斯理的結論，顯然並不同意，但是她也沒有說什麼。衞斯理又道：「她在醫院，相信能夠進入病房的，除了警方人員之外，只有你一個人了！」

白素嘆了一聲：「就算我去，只怕也難以在她的口中問出什麼來。」

衞斯理道：「不是去問她，而是帶一些儀器去，記錄她的行動——她會在醫院中相當長的時間，有必要知道她做了些什麼！」

白素揚眉：「有必要把她當疑犯來監視？」

衞斯理道：「如果事情和她全然無關，這樣也可以還她清白，不然，她會被當作妖精，活活燒死！」

白素想了一想：「好，我立刻去進行。」

白素的「立刻進行」，效率極高。到了醫院，她道名相見，李宣宣親自打開了門，讓她進去，李宣宣對白素態度這樣誠懇，使白素感到很內疚，但是她還是十分巧妙，相信並未被李宣宣覺察，在病房中放置了兩具超小型的錄影機，記錄李宣宣在病房中的行動。

各位朋友，明白了吧——黃堂在李宣宣那裡問不出什麼而離開之後，李宣宣停了一會，來到窗口，掀開窗帘向下看，就是被超小型攝錄機記錄下來的。

白素在又見到衞斯理時埋怨：「誰都可以看得出她傷心欲絕，還要懷疑她，眞是殘忍！」

衞斯理說得肯定：「整件事，她一定是個關鍵人物！」

十一、大搜尋發現兩件奇事

對於李宣宣必然是一個關鍵人物這一點，白素倒也並不反對，她只是深吸了一口氣，搖了搖頭。

衞斯理是和白素分頭行事的，他對祖天開提出：「帶我到王宅去，大書房小書房，睡房車房，王大同如果受到困擾、威脅、恐嚇，總有點綫索留下來的，帶我去找那些綫索，你要盡你所知幫助我！」

祖天開略爲猶豫一下，用力點了點頭。

所以，在黃堂要全市警員留意衞斯理下落的時候，衞斯理是在王家巨宅之中，黃堂自然再也想不到。

是的，衞斯理在王家巨宅，竟然耽了那麼久！

大約和白素到達醫院的差不多時間，衞斯理和祖天開，到了王宅。

雖然男女主人都不在，宅中其餘的僕人，也都知道十分不幸的事發生了，但是王宅的事，祖天開一向可以作主，衞斯理的出現，雖然有點突兀，但是絕不會有人有什麼異議。

而衞斯理在途中，已經和祖天開說得十分明白：「開叔，任何我可以打得開的地方，我都要搜尋，如果你認為有必要，可以在一旁看看。」

祖天開回答得很誠懇：「大同結婚不久，連……後代也沒有，他要是就這……唉，你不管要做什麼，我都支持。宅中的鑰匙，一直都由我掌管。」

衞斯理揚了揚眉：「包括小書房中的那具保險箱？」

祖天開震動了一下——那具保險箱，在祖天開的敍述中，地位十分重要，那面「許願寶鏡」，就是放在其中的，他在怔呆了一下之後，才道：「那保險箱沒有鑰匙，用的是一句洋文的密碼……」

衞斯理發出了「哦」的一聲，很感到意外。

他知道這種保險箱，那是十九世紀阿根廷鎖匠的傑作，那類鎖匠的製作，巧妙無比，開匙的密碼，隨他的喜歡，興之所至，有時甚至是一句粗話，全用西班牙文，每一具都有不同的密碼。

這種保險箱本身，已經是極具市場價值的珍品，想不到在王家的巨宅之中，竟然會有！

祖天開十分自傲：「那洋文密碼，我也知道，是老爺在買了保險箱之後，親口告訴我的……媽的，真難記，我記了足足三個月才記住！」

他說得認眞，衞斯理想笑，但是却忍住了。因爲他想到，要祖天開這樣一個江湖豪漢，硬生生記住一句西班牙文的密碼，那眞難，他日唸夜唸，不知吃了多少苦頭。

祖天開盯着衞斯理看了一會：「老爺在告訴我密碼時候，曾對我說：『天開啊，從今之後，開這鎖的密碼，世上只有兩個人知道，一個是我，一個是你！』，唉，老爺去得早，倒是世上只有兩個人知道，可是其中有一個，已不是他了！」

老人家又開始感慨起來，衞斯理也不致搭腔，唯恐他牢騷越發越多——聽老人家發牢騷，是很無趣的事。

當然，衞斯理雖已決定，到了王宅之後，第一件事，就是打開那具保險箱，但他又不會笨到問祖天開，保險箱的密碼是什麼。

到了王宅之後，衞斯理是察看了一下巨宅內外，然後就進了小書房，憑他敏銳的感覺，他一下子就看出，那具保險箱，是隱藏在壁爐架的後面——王老爺懂得選擇保險箱，可是對於如何把一具保險箱巧妙地隱藏起來，却並不在行。

或許，他認為絕不會有人可以打得開它，所以不必巧妙隱藏了。

衞斯理伸手向壁爐架一指：「開叔，請打開保險箱，如果有重要的東西，王醫生一定會放在保險箱中！」

剎時之間，祖天開張大了口，睜大了眼，瞪著衞斯理，神情驚訝得像是看到了一頭怪物。

他的喉際，發出了一陣「咯咯」的怪聲，可是終於，他沒有問衞斯理是怎麼知道那具保險箱是在這地方的，只是搔著頭，走向壁爐架，把它移開，再移開了一幅牆，就看到了那具保險箱。

保險箱並不大，半人來高，黃澄澄的，用黃銅鑄成，奇重無比，衞斯理知道，它看來雖然有一公尺高，可是實際，可以儲放物件的空間極少，一層又一層的防盜防火外殼，佔去了體積的十分之九！

衞斯理也知道，還必需移開了箱面的蓋，才會現出密碼鎖來。

所以，在這時候，他不等祖天開有任何暗示，就已經轉過身去，背對着保險箱。

保險箱是在書桌的後面，衞斯理一轉邊身，就自然而然，站在書桌之前，他把手按在桌上，打量着書桌上的一切。桌面很亂，堆了不少書，全是醫學方面的書籍，還有許多筆記，和一副電腦。

衞斯理心中一動：保險箱固然是儲放秘密的好地方，電腦何嘗不然？可是若把秘密交給電腦，也一樣要密碼才能讓電腦顯現出來。

衞斯理想到的是：祖天開是不是連電腦的密碼都知道呢，看來這可能性不大。

他一面想，一面按動電腦的鍵盤，終端螢屏上立時有文字顯露，衞斯理看了一下，也全是醫學上的資料，看來王大同成爲一個出色的醫生，並非偶然。

而就在這時，衞斯理陡然聽得祖天開發出了一下驚天動地的慘叫聲，他還未及轉過身，就覺出有一股大力，向他的背後，直撞了過來！

這一下變故，當眞是意外至於極點！

衞斯理受過嚴格的中國武術訓練。武術家最講究的是，「耳聽八路，目觀四方」，那當然不是說連腦袋後面也長著眼睛，而是形容極其敏銳的感覺。

當衞斯理覺出有一股大力，向他撞來的時候，那股大力還未曾撞中他，是他敏銳的感覺告訴他有一股大力撞來。

他絕未想到這小書房之中，會有突如其來的襲擊，所以不免在意外之極的情形下，呆了一呆——這又浪費了本來已極少的應付時間。

本來，他或許可以從書桌上翻過去的，但此際，等他有了反應，有了動作時，他只好身子一縮，從書桌之下，直竄了出去。

他身子還沒有離開桌子底，就聽到了「砰」地一聲巨響，不知是什麼，重重撞中了桌子。

他一出桌子，立時轉身，起立，看到撞中桌子的是祖天開，祖天開仍然背對着他——撞中書桌的是祖天開的背部。如果他不是在百分之一秒之差，躲了開去的話，那麼將會是他和祖天開兩人，背對背撞在一起，那時不知是誰受傷了！

一直到這時，祖天開才發出了第二下慘叫聲！

衞斯理一看到祖天開背對着他，就知道那不是祖天開的突襲，而是祖天開由於極度的震駭，身子不由自主後退所造成的。

他的背部重重撞在書桌上，可是他却恍若不覺，雙眼發直，盯著保險箱。

衞斯理也立刻知道他是爲什麼會退得那麼狼狽了——保險箱的門已打開，小小的空間之中，空無一物，而他的雙手中，也沒有東西拿著。

事情再明顯不過？他打開了保險箱，可是箱中空空如也，那面寶鏡不見了！

祖天開在這時，又發出了第三下慘叫聲，聽來淒厲之極，令人寒意陡生！

這時，衞斯理已看到了祖天開可怕之至的神情，只見他雙眼怒凸，兩邊太陽穴上的骨筋暴綻，像是有兩條蚯蚓在皮膚之下蠕動。

看這情形，這兩條血管，會隨時爆裂！

祖天開的健康狀況再好，畢竟是九十以上高齡的老人了，怎受得起這樣的刺激？

衞斯理急忙一步跨向前，隔着桌子，伸手先在祖天開的後心上，拍打了兩下，用的力度，恰到好處，可以令對方心神寧貼。

祖天開這才叫了起來：「不……不……不見了！」

前。

他一面叫，一面轉過頭來，神情悽惶之至。衞斯理繞過書桌，到了保險箱之前。

那保險箱看來專爲放置那面寶鏡的，寶鏡不見了，裡面再也沒有任何東西。

衞斯理苦笑了一下，直起身子來，冷冷地道：「那鏡子對王家來說，再無用處，不見了就不見了，不值得大驚小怪！」

他那樣說的時候，只見祖天開的身子，劇烈地發起抖來，聲音嘶啞地叫：「可是對我有用！對我有用！」

衞斯理陡然一怔，但立即明白了祖天開的意思！

祖天開祖使用這面鏡子的時間還沒有到！他能使用那面寶鏡！

每一個人使用寶鏡的時間不一樣，祖天開的時間是在他九十歲之後——他也眞的有那麼長命，所以他還能使用！

如今寶鏡不見了，對他的打擊，當然最大！

這也就是爲什麼他的舉止如此失常的原因了！

祖天開不住喘氣，衞斯理一時之間，也不知道祖天開還會有什麼心願未了，他想安慰幾句，可是也不知道該說什麼才好。

而祖天開又已大叫了起來：「一定是那個妖精偷走了！」

衞斯理沒有向祖天開解釋，那面鏡子，李宣宣不必偷，因爲她是王大同的妻子！

祖天開雙手握拳，神情可怕，不斷地跳着、罵着。衞斯理不再理會他，迅速地在書桌的抽屜中搜尋，他指着一個上鎖的抽屜，向祖天開望去，祖天開還在千妖精萬妖精地罵，衞斯理忍不住大喝一聲：「夠了，就算那鏡子眞是叫妖精偷走的，開保險箱的密碼，也一定是王大同告訴她的，說不定還是王大同雙手奉上，懇求笑納的！」

祖天開這才住了口，可是神情悻然，衞斯理又向那抽屜指了指。

衞斯理是在問祖天開：是不是有開啟這抽屜的鑰匙。

當他這樣問的時候，心中並不以爲祖天開會有，他也準備了，祖天開只要一搖頭，他就自行動手，大約在十至十五秒之間，就可以把抽屜拉開來。

衞斯理常自詡開鎖的本領，他在全世界的排名，在第五至第十之間——排名第一的，是一個意大利胖子，外號人稱「神仙手」。

說起排名，還有一個小插曲，後來白素笑衞斯理：「鼎鼎大名的傳奇人物，常常自誇反應敏捷，怎麼要鑽起桌子底來了呢？」

衞斯理的回答是：「哼！別看我避得狼狽，敢誇能在這種情形之下，可以避開祖天開那一撞的，排名不分先後，全世界也不會超過——。」

他本來想說：「不超過三十人」，可是一轉念間，覺得應該不止此數，是五十人？一百人？想了一會，他沒有說完這句話，反倒是嘆了一聲：「世界上能人實在太多了！」

却說當下，祖天開雖然心情激動之至，但也看明白了衞斯理的手勢，出乎意料之外，他竟然點了點頭，一摔手走了出去：「我去拿來！」

衞斯理見他去拿鑰匙，也就不再使展開鎖的手段，來到了那具保險箱之前，觀察了一會，又踱到書架前，隨便抽出一本書來翻。

在接下來的時間中，他和祖天開兩人，翻遍了每一本書，找尋王大同留下的「綫索」，亦是他爲什麼會在王宅逗留那麼久的原因。

王宅在經過了衞斯理的徹底搜查之後，可以說再無秘密可言了，可是他沒有找到那面銅鏡，而且，還有兩件相當怪異的事發生。

那兩件事待一會再說，當時祖天開離開了大約五六分鐘就回來，手中提着一隻木箱，看來相當沉重，那木箱全是一個一個小抽屜，看來有點像是化妝箱。

祖天開拉開了其中一個：「小書房中所有的鑰匙全在，鑰匙上都有標簽。」單是那個小抽屜中，鑰匙就有三四十柄之多，每一柄都有小小的標簽，用極小，但清楚秀麗的字體寫著每一柄的用途。

衞斯理很快就找到了標著「書桌左一」的一柄，一面在打開抽屜，一面道：「這樣細緻的功夫，也不好做！」

祖天開應聲道：「我這個管家也不是白當的，每一個字，都是我親筆書寫。」

衞斯理聞言，大是訝然，因爲絕想不到祖天開這樣凜然的一條大漢，又是江湖草莽出身，竟然會寫得這樣的一手小楷。

他向祖天開望了一眼，雖然祖天開在極度的憤慨之中，可是他還是面有得色：「我臨的是『靈飛經』，怎麼樣，還過得去吧！」

衞斯理由衷地道：「豈止過得去，簡直極好！」

至於何以一個彪形大漢，會去學寫只有閨閣女子寫的字體，衞斯理知道其間必有故事，但這時，他也抽不出空去詢問了。

他打開了一個又一個抽屜，又打開了一個又一個櫃子，結果，只在一本書中，找到了一張摺成了方塊的紙。展開那張紙之後，上面寫滿了字，這些字，紊亂之極。一望而知，那是有人在情緒很不穩定的情形之下，寫下來作發洩之用，寫完後，隨便一摺，就夾在書中了。

這個發現，是第一件值得奇怪的事。

衞斯理才一展開紙來，祖天開就「啊」地一聲：「這是大同的字！」

字寫得很用力，有好幾處，紙還被筆尖劃破了，可見他在寫的時候，是如何激動。

字有中文，也有英文，都潦草之極。

寫的是什麼呢？中英文全一樣：「不相信」、「我不相信」、「我絕不會相信」！

在每一句之後，都有驚嘆號，一張紙上，寫得滿滿，重疊又重疊，怕若有上千句！

衞斯理把紙攤開，人也坐了下來，接過了祖天開遞過來的酒，喝了一口，抬頭向祖天開望去，開叔滿是皺紋的臉上，一片惘然。

衞斯理道：「他不相信什麼？」

祖天開苦笑：「那怎麼能知道？」

衞斯理指了指自己的頭：「能知道，假設寶鏡告訴了他李宣宣的來歷，而來歷又可怕之至——」

祖天開倒是一點就明白，一拍桌子：「他就不相信——不是不相信，是不願相信！」

衞斯理點頭：「對，這些字，是那天晚上，他又回到了小書房之後寫下來的。後來，他的決定是不信寶鏡告訴他的事，所以才當作什麼也沒有發生過，還是結了婚！」

祖天開的聲音有點發顫：「天！寶鏡告訴了他什麼？」

衞斯理雖然一直不同意祖天開怪責李宣宣，但這時，也至少認爲，王大同的情緒反常，和李宣宣是有關的。

李宣宣的來歷，一直在困擾著王大同——不知道是困擾，知道了，信與不信是進一步困擾，決定了不相信，却陷入更大的困擾之中！

這一切，雖然李宣宣不必負責，但總是和她有關的！

尤其是在發生了第二件奇事之後，他更進一步認爲李宣宣行爲大有可疑之處。

他和祖天開，把書房找遍了之後，就開始找尋王宅的其他地方。

確如祖天開所言，他掌管一切鑰匙，衞斯理心中想：作爲主婦，李宣宣是不是會對這種現象反感？

在搜尋到了臥室的時候，才一進去，衞斯理就看到了一件和整個臥室的佈置絕不相稱的黑漆櫃子，放在相當顯眼的地方。

王家的巨宅雖然歷史悠久，可是內部裝修，顯然由於經常改換的緣故，前衞新潮得很，臥室也不例外。可是那隻櫃子，却是漆器，而且一望便知，是中國福建脫胎漆器中的精品。

那隻漆櫃有一公尺高，一公尺寬，半公尺深，看來通體渾成，是一大塊黑色錚亮的整體，上面也沒有任何紋章裝飾，就是那麼漆黑的一塊，顯得神秘之極。

衞斯理一眼的直覺，那是櫃子，是由於形狀像，走得近了，看不到有櫃門，就覺得那也可以是一隻箱子，可是也找不到箱蓋。

衞斯理指着它，想問祖天開，那漆器的面，光可鑒人，所以衞斯理可以看到自己奇訝莫名的神情。

祖天開搖頭：「這是新娘子自己帶來的嫁妝——別問我那是什麼，我不知道！」

衞斯理道：「你難道沒有問過？」

祖天開道：「問了！」

接着，他學著李宣宣柔聲柔氣的聲調：「開叔，你看這是什麼就是什麼！」

衞斯理已伸手按住了那漆器，搖了一下，感到不很沉重，可知裡面一定沒放着東西，因爲脫胎漆器的特點是之一是輕，輕得出乎意料之外。

祖天開已走了過來：「根本它是密封的，想知道裡面有什麼，只有把它劈開來！」

衛斯理搖頭：「不，一定有可以打開來的所在。」

祖天開欲語又止——他試過了許多次，什麼也找不到。衛斯理用雙手，緩緩放在漆器上撫摸著，神情專注，漆器表面在手撫過後，都有一層水氣留下，幾秒鐘才消失。

十二、衞斯理的推論

這個立方體——無以名之是什麼東西，只好這樣稱呼的六個平面，都同樣光滑，衞斯理仔細在每一面，都摸了一遍，又用指輕輕叩著，用心聽著發出的聲音。

他平時那麼性急，可是這時，又大具耐性，足足有一小時之久，還是沒有什麼發現。

他知道，以自己的掌力而論，一個「手刀」劈下去，就能把這立方體劈開來。

問題是：如何向李宣宣交代呢？

李宣宣在醫院一直沒離開，所以衞斯理才能肆無忌憚地搜尋，但是她總要回來的，總不能把她的東西毀壞了，而且，這漆製的立方體，衞斯理也從來沒有見過，說不定是世上獨一無二的東西！

這時候，衞斯理想到了他的朋友陳長青。

陳長青是一個怪人，對各種各樣的現象，都有狂熱的研究興趣，就算是一些很普通的現象，也能使他研究好半天。所以，若是肉眼看不見的現象，他就更加想看得到。他的興趣，使他擁有一些儀器，精良專門之極。像可以把物體放大幾千倍的電子顯微鏡，他所擁有的那具，全東南亞性能第一，他又擁有大大小小許多部X光機，可以透視物體的內部。

衞斯理肯定這個立方體不會是實心的，他估計裡面有東西。裡面是什麼東西，無法把它打開，就只有借助X光機了——這種在公元一八九五年由德國科學家倫琴所發現的射綫，可以穿透固體，造成透視效果，是人類實用科學上的偉大發明之一。

而在這個發明未成事實之前，如有人提出有這種透視力量，也必然會被許多沒有想像力的人，斥爲虛妄。

衞斯理想到陳長青，自然是想借用陳長青擁有的X光機——他沒想到這時，陳長青正到處在找他，後來更守在巨宅之外，監視着一切。

那些時間，衞斯理一直在王家巨宅內搜尋，直到王大同仍然昏迷不醒，李宣宣在黃堂造訪之後回來。

那時，整個巨宅的搜尋工作還未有完畢，衞斯理已接到了白素的通知：「李宣宣離開了醫院，看來是回家！」

衞斯理悶哼了一聲，白素又道：「你要記得，她是巨宅的女主人，祖天開的觀點，可能和她有衝突，而且，我們現在所做的事，對她不公平！」

衞斯理吸了一口氣：「可是王大同精神狀態那麼差，顯然和她有關！」

白素嘆了一聲，顯然她也十分難以下定論，她道：「你的行爲，別太過分了！」

衞斯理明白白素的意思，所以回答：「放心，我不會把她當妖精，但也不會被她的美麗的外表迷惑！」

白素嘆了一聲，沒有再說什麼。

在接到了通知之後，衞斯理就停止了搜索，坐在客廳中，等李宣宣回來。沒有多久，李宣宣就回來了，她臉色蒼白，神情憔悴之極，彷彿邁出一步，也沒有氣力，所謂「弱不禁風」，用來形容她，再恰當也沒有了。

她一進來，祖天開雙拳緊握，瞪大了眼望著她，毫不掩飾他的敵對態度，就像是要把她吞了下去一樣！

李宣宣只是隨便向祖天開望了一眼，却也沒忘了禮教，叫了一聲：「開叔！」祖天開悶哼了一聲，算是回答——他平日當然不會那樣無禮，但這時極度憤怒之下，却也顧不得了！

接着，她向衞斯理望來，衞斯理已注意到，她在才一進來時，有過一閃而過的驚愕，而這時，她已經完全鎮定下來了，像是衞斯理出現在她的家中，是理所當然的事情一樣，這令得衞斯理有點不好意思，因爲他在這巨宅之中，畢竟身分尷尬，是不速之客。

李宣宣手向站了來起來的衞斯理揚了一揚，衞斯理注意到，她的一雙大眼睛，依然黑白分明，明艷照人。

她先開口：「衞先生，我好累……好累……先讓我歇一會……好不好……」

衞斯理縱使有千言萬語要對她說，可是在這樣的情形下，他又能說什麼呢？

不但衞斯理不能說什麼，祖天開也才說了半句話，就住了口。

祖天開說的是：「大同他——」

李宣宣這時已來到樓梯口，伸手扶住了扶手，向上走去，只是柔弱無力地擺了擺手，祖天開就自然住了口。

她在樓梯上走上去，一個女僕急急下來攙扶她，祖天開跟了上去，但是不一會就下來，對衛斯理道：「她進臥室去了！」

衛斯理眉心打結：李宣宣進了臥室，誰也不能強要跟進去，他和祖天開，都無法可施。

祖天開悻然道：「我們就在這裡等，她總不能守在臥室一輩子不出來！」

衛斯理嘆了一聲：「她也累了，也該休息一下——我也要休息，你也一樣。」

祖天開睜大了眼：「我老了，不會再浪費時間！」

衛斯理微抬著頭，他心中的疑問之多，無以復加，他也相信，這些疑問，都可以由李宣宣來解答，他沒有下手處，有一個人有：白素。

衛斯理立即和白素聯絡，可是卻聯絡不上，而他也確實需要休息，所以他和祖天開，一起到了祖天開的房間，在一張臥榻上躺了下來。

祖天開的房間極大，陳設卻很簡單，看來開叔很喜歡竹製和籐製的傢俬，大都已經年代久遠，變成了悅目的紫紅色。

祖天開進來了之後，大是感嘆：「大同小的時候，在我這房間裡的時間，比在他自己房間更多。他最喜歡叫我講稀奇古怪的故事——不是我自己吹牛，再也沒有人比我更多故事的，可是有許多故事，我不能說，說了，他也不一定懂……」祖天開嘮嘮叨叨就說著，衞斯理盡量克制着自己，不去聽他，幸好不久，祖天開便走了出去。

祖天開走出去，是由於黃堂來按門鈴，表示要在宅子裡佈崗，要徵求主人同意。

祖天開一聽，心中倒十分高興，因爲那使他有機會去見李宣宣，他老實不客氣地去敲臥室門，說有警官要派人來保護。

他並沒有見到李宣宣，只聽到了她細若柔絲的聲音：「不必了，別再來騷擾我，除非是衞夫人來！」

祖天開對着門口，幾乎沒有一口口水吐出去，等他再回來時，衞斯理已睡着了。

在巨宅中，祖天開在生悶氣，衞斯理在睡覺，在宅子外，陳長青，小郭，黃堂祖都在火眼金睛地監視着，然後，就是忽然之間，衞斯理的車子出現了。

衞斯理人在宅子中，當然不能分身去駕車，那麼，不問可知，駕車來的是白素了！

車子能夠長驅直入，不但在門口的陳長青，小郭和黃堂等人驚訝，連祖天開也大吃一驚，控制鐵門的開關，有兩套設施，一套由他控制，另一套由男女主人控制，他沒有啟動開門，那麼，自然是女主人開門放車子進來的了！

他一面推醒衞斯理，一面大呼小叫地衝了出來，正面撞見了才下車的白素，他不禁呆了一呆，忙道：「大小姐，新媳婦正在找你！」

衞斯理打着阿欠，伸着懶腰走出來，看到了白素，也呆了一呆。白素向樓上指了一指：「她說有重要的事找我，你有什麼發現！」

衞斯理精神一振：「要她把一切全說出來！」

白素皺了皺眉，衞斯理的要求，自然可以揭開整件事的迷霧，但是李宣宣是不是願意呢？李宣宣要是什麼也不肯說，又有什麼辦法？

衞斯理又疾聲問：「她用什麼理由，要你來見她？」

白素還沒有回答，樓梯上已傳來了李宣宣的聲音，聽來雖然虛弱，但也字字清楚：「我對素姐說，現在是我最需要朋友的時候，請她盡快來到我的身邊！」

李宣宣突然出現，令衞斯理有極短暫的尷尬，但是他立時抬頭向上：「正常的理解是，朋友之間，應該互相坦白，不隱瞞什麼！」

李宣宣嘆了一聲：「衞先生，朋友之間，很重要的是要體諒對方，體諒對方有不得已的苦衷！」

她說到最後一句，聲音淒婉，簡直有一句話就賺人熱淚的本領！

白素已飛快地奔上樓梯，李宣宣立時緊握住了她的手，兩人一起上了樓，進了李宣宣的臥室。

衞斯理知道白素雖然很維護李宣宣，但是她也一樣想弄清楚整件事，可以相信她必然會巧妙地向李宣宣問許多問題，也相信可以有結果。

這時，他也看到了在大鐵門外，指手劃脚的三個人，他笑了起來：「開叔，門外三個人都是我的朋友，請開門讓他們進來！」

祖天開立時答應，他不但開門，而且還走了出去，把黃堂，陳長青和小郭三個人，迎了進來。

事後，白素責怪衞斯理：「你完全未曾得到主人的同意，怎麼可以在人家的屋子中見你的朋友？」

衞斯理語塞，呆了一會，才道：「是我的不是……我認定了……受了開叔的影響，以爲李宣宣是禍首，所以否定了她的權益！」

那當然是衞斯理的不對，可是當時，衞斯理却一點也不覺得自己的行爲有什麼不對。

三個人進來之後，黃堂神態冷靜，陳長青大呼小叫，圍着祖天開打轉，好奇地打量着他。小郭則不斷在問：「她怎麼說？」

衞斯理先把事情簡化，向各人說了一遍，再問小郭和陳長青：「關你們什麼事？」

陳長青大聲回答：「我代表一個苦主。」

小郭遲疑了一下，才道：「我受人所托。」

當時，衞斯理也沒沒再在意，他是私家偵探，受人所托，再普通不過。

衞斯理所作的介紹很簡單，把許願鏡的事，略去了沒有說——祖天開的神情，因此大是感激。

陳長青、小郭和黃堂也把他們的掌握的資料，擇要說了。雙方面的資料一湊，結論更是明顯。

各人都望向衞斯理——在所有的人中，自然是他的歸納能力最強。

衞斯理也不謙讓，他略想了一想：「王大同的精神狀況極差，受到了致命的困擾，困擾是來自一個男人不斷在向他逼問一些他不知道的事！」

各人都點頭，同意他的歸納。

衞斯理又道：「李宣宣和那個男人有一定程度的關係：第一、護士在電話中聽到她的聲音，第二、一次王大同在聽了電話之後直接向李宣宣提出，請她轉告逼他的人。第三、出事前一天，王大同在小書房中受困擾，不住叫李宣宣的名字！」

這三點分析，也是無懈可擊的。

衞斯理下了一個結論：「我相信這一切，都和李宣宣的來歷有關。」

祖天開最先有反應：「是！」

陳長青、黃堂和小郭，在接下來的時間之中，對李宣宣的來歷，作了種種假設，假設之中千奇百怪，若是一一例舉出來，倒也熱鬧得很，可供一笑，但是和故事沒有什麼特別關係。

到後來，意見比較統一了──陳長青仍然堅持那是一個外星人的陰謀：李宣宣是外星人或外星人派來的。

比較統一的假設是：李宣宣必然和一個神秘的組織有關，這個組織神通廣大，可以掩飾她的來歷。

可是這個假設，也難以成立，因為李宣宣能在王大同的身上，得到些什麼呢？

這個問題，祖天開和衞斯理，倒還可以回答，那是為了這面許願鏡，其餘三人，連目的也想不出來！

這樣的討論，當然不會有什麼結果，衞斯理提到了李宣宣房間中的那個黑漆立方體，陳長青磨拳擦掌：「那太容易了，我有 X 光機，一照就會原形畢露！」

正說着，各人忽然都靜了下來，因為看到白素和李宣宣，都從樓梯上走了下來。

不管一干人能作出的假設爲何，衞斯理所作的結論不會錯，李宣宣是主要的關鍵人物，所以她一出現，每一個人的心頭，都不知湧起了多少問題，要向她發問。陳長青最不客氣，一個箭步，已竄上了幾級樓梯級，大聲道：「王夫人，我有話要問你！」

李宣宣臉色仍然蒼白，可是很平靜，她不理陳長青，只是向着祖天開：「開叔，這些人是誰？都是我沒見過的陌生人！」

祖天開漲紅了臉，一時之間說不出話來，李宣宣哼了一聲，轉向身旁的白素：「素姐，你看看！」

白素向陳長青狠瞪了一眼，如果是衞斯理那樣做，陳長青未必會服氣，可是白素不同，對白素來說，這樣的動作，已代表了最大的厭惡和不滿，比衞斯理疾言厲色的斥責，還要有用！

陳長青僵住了作聲不得，白素向衞斯理道：「我陪宣宣去辦一些事！」

她只是那麼輕描淡寫的一句話，就等於她已成了李宣宣的保鏢了！

會有這種情況發生，在場的幾個人，都未曾料到，一時之間，不知如何才好。

本來，就算白素和李宣宣不出現，他們心中也早有打算，要老實不客氣去打門，向李宣宣盤問一番。

可是遲了，白素擺明了要護李宣宣離去，雖然李宣宣有行動自由，連黃堂也不能硬留下她，可是若沒有白素，她也不能走得那麼輕鬆。

一干人不敢得罪白素，一起向衞斯理望去，衞斯理急叫了一聲：「素……」

白素望了一下：「各位都生活在文明社會，宣宣是屋主人，完全有自由來去，倒是各位，未經她許可，擅自進入，擔着不是！」

她一面說，一面和李宣宣並沒有停步，轉眼已走出了大廳。在大廳中的人，面面相覷，一時之間，竟想不出阻攔她們的方法來！

等到屋外響起了轟然的汽車引擎聲，陳長青才失聲問：「她們上哪兒去？」

衞斯理也苦笑，他只好道：「白素那樣做，必有道理，且等好消息就是。」

衞斯理充分知道白素的能力，其餘人也一樣知道，可是他們總不甘心一句話也沒向李宣宣問過，陳長青向樓上一指：「那黑漆立方體！」

陳長青的話才一出口，忽然大廳門口傳來了白素的聲音：「陳先生，你不覺得你對他人的物件興趣太濃了嗎？」

白素突然去而復回，這一點，大出各人的意料之外，因爲各人都聽到汽車聲遠去，難道只是李宣宣駕車離去？

白素不等眾人發問，就道：「她說有一些要事需要處理，不想和你們糾纏，所以要我護着她出去！」

衞斯理叫了起來：「素！」

白素正色道：「她完全有行動自由，你們不應該騷擾她，更不應該把她當成罪人！」

所有人之中，以祖天開對白素的話，最不以爲然，一副悻然之色。黃堂沉聲道：「我以警務人員的身分，希望得到她的合作！」

陳長青叫了起來：「我那親戚死得冤枉，總需弄清眞相才休！」

小郭冷冷地說了一句：「事情分明和她有關，她躲得過一時，躲不過一世。這樣躲避，不解決問題，她應該面對現實。」

白素也冷冷地道：「各人有各人處事的方式，她成年了，有權照她的方式去處理她的事務。」

衞斯理和白素，極少意見不一致的時候，可是這時，他也忍不住說了一句：「當事情涉及那麼多人命的時候，她就不能獨行其事！」

白素直視着衞斯理：「別弄錯，亡命飛車撞死了人的是王大同，不是李宣宣！」

一句話，把衞斯理的論點推翻，白素吸了一口氣，對祖天開道：「開叔，新媳婦說了，要你好好保護她房中的東西，不能被人亂碰。還有，王醫生的傷勢就算有好轉，也不要讓他出院，要等她回來再說。」

白素這樣轉述李宣宣的話，令得所有人都愕然之極，因爲那是說，李宣宣這一去，會離開相當久，她在這樣的情形之下，會到什麼地方去，做什麼？

一時之間，所有的目光，都射向白素，白素淡然：「別問我，我不知道她要去幹什麼？」

黃堂，陳長青和小郭三人的臉色難看之至，祖天開嘆了一聲：「各位，新媳婦既然這樣吩咐，她房裡的東西，就不能動了！」

祖天開這種老派人，有一個特點，他分明對新媳婦不滿之極，視之爲「妖精」，可是一有吩咐下來，想起自己的身分，他也會盡力遵從。

衞斯理道：「沒有人要動她的東西！」

十三、臨終遺言

衞斯理在這樣說的時候，作了一個類似拍照的手勢。陳長青立刻叫了起來：「對啊！沒有人要動她的東西，只要在她的東西面前站上一站！」

祖天開雖然不知道是什麼意思，但是他唯恐白素再說什麼，立刻道：「那當然不成問題！」

白素也沒再說什麼，只是向衞斯理道：「我們不該一直賴在人家的屋子中——」

祖天開忙道：「衞先生是請也請不到的貴客，他的朋友，大都受歡迎，白姑娘，老爺在的時候，我也能這樣說。」

白素笑了一下，又向衞斯理使了一個眼色，衞斯理看出她極想和自己單獨相處，走到了她的身邊，向陳長青道：「你去準備應用儀器，到我家來找我！」

白素淡然道：「我看不必浪費時間了，那東西若真有不可告人的秘密在，也不會任由你們擺弄！」

陳長青說得坦白：「不透視一下，寢食難安！」

白素笑：「祝你成功！」

祖天開問：「要不要派車子送兩位？」

白素駕來的車子叫李宣宣開走了，祖天開這一問，証明他的細心，衞斯理還沒出聲，白素已道：「謝謝你，不必了，好久沒有散步了——」

她說到這裡，望向衞斯理。雖然在這件事上，兩人意見略有不同，但是夫妻之間的默契當然不變，衞斯理一見這時情形，就知道她必有原因，所以點了點頭。

祖天開嘆了一聲，望黃堂：「我是不是可以到醫院去看大同？」

黃堂神情並不熱烈：「他昏迷不醒，你去看他也沒有用——只要醫院准，你只管去看！」

陳長青忙道：「老爺子，你先別急去醫院，在這裡等我，我立刻來！」

在眾人的紛擾之中，白素已挽着衞斯理，一起向外走去，衞斯理有嬌妻在旁，一副心滿意足的神情，彷彿連天塌下來都可以不理，何況是王大同駕車撞死了幾個人這樣的小事。

小郭好像叫了衞斯理一聲，他也沒有聽到，和白素離開了大宅，白素揀了一條下山的小路，石級上滿是落葉，兩旁樹木參天，很是幽靜。兩人慢慢向下走，在衞斯理的生活之中，少有這樣的寧靜。

約莫有五分鐘，兩人都不出聲，然後才由白素打破了沉寂：「那面寶鏡不見了。」

衞斯理點頭：「遍尋不獲。」

白素的眉心打着結，衞斯理伸手指，在她的眉心上，輕輕按了一下，白素甜甜一笑：「你對祖天開，一點也沒有疑心？」

衞斯理並沒有立刻回答，他把白素的問題，十分認眞地考慮了兩分鐘之久，才道：「我找不到要懷疑他的理由，你有嗎？」

白素吸了一口氣：「我也沒有，但是我在想：那面寶鏡如果在，他想作何運用？一個超過九十歲的老人，還會有什麼願望？」

這是一個相當深奧的問題，衞斯理道：「或許，他希望長生不老？」

白素搖頭：「這面鏡子的名稱，有點問題，它不應該叫許願鏡。因爲它的功能，並不是許了一個願，它能令你實現，只不過是展示將來會在你身上發生的一些事——正確來說，那是一面預知鏡。」

衞斯理和白素一樣，都沒有見過這面寶鏡，有關資料，盡是祖天開提供的。照資料來看，白素的分析，很是正確。衞斯理喃喃道：「一個九十歲的老人，還有什麼急切想知道的事呢？」

白素笑了一下：「或許，他想知道自己生命會在什麼樣的情形之下結束？」

關於人掌握了預知能力，是幸還是不幸這個問題，衞斯理和白素討論了許多次，在衞斯理的經歷之中，曾遇到過有預知能力的人。

那個人向衞斯理說：「我有預知能力，我的生活，像是在看一張早已看過了的舊報紙，每天會發生什麼事，都早已一清二楚！」

這種情形，早已超越了幸或不幸的範圍，簡直可怕到了極點！

問題是在於預知了將來的事之後，根本不能改變，像祖天開那樣，如果預知了他將會死得慘不堪言，那麼他剩餘的日子，還會快樂嗎？

衞斯理思索着，白素又道：「也不一定是將來的事，過去的事，寶鏡也能展示

——我相信，王大同是通過了寶鏡，知道了李宣宣來歷的！」

衞斯理停了下來，注視著白素。

白素緩緩搖頭：「她沒有告訴我，我也沒有問過她，我不慣探聽人家的隱私，也可以相信李宣宣的來歷，可怕之至。」

衞斯理把和黃堂等人的分析，探述了一下。

白素在聽了之後，苦笑了一下：「陳長青雖然慣於把一切想像都歸於外星人，但是我倒寧願相信他的分析。」

衞斯理揚眉：「理由何在？」

白素笑得燦爛：「是你常說的，根本沒有別的假設可以成立！」

衞斯理在她的臉上親吻了一下，白素又道：「她什麼也沒有對我說，只是說她有事要做，而且，她愛王大同，決不會害他。她感謝我們的幫助，可是並不欣賞你們的種種行爲！」

衞斯理說道：「我不懷疑她對王大同的愛，但也肯定祖天開對王大同的關懷！你認爲她去幹什麼？」

白素用脚尖挑著地上的落葉，過了一會，才道：「如果真有另外一個男人，一直在逼問王大同什麼，那麼，我想她是去找那個男人了！」

衞斯理一驚：「你不認爲她會有危險！」

白素淡然：「她不是尋常人！」

衞斯理悶哼了一聲，白素又道：「別代她擔心，再來討論，那面寶鏡，是怎麼不見的？我曾旁敲側擊，可以肯定的是，李宣宣根本不知道王家有這樣的一面寶鏡——王大同聽祖天開的話，沒對她說。」

對白素的觀察力，衞斯理自然肯定，他道：「那麼，鏡子是被王大同藏起來的了？」

白素嘆了一聲：「應該是，原因，也只有他才知道！」

衞斯理走着，突然一提氣，跳下了十來級石階，他身後一陣香風飄起，白素已跟着掠了下來。衞斯理折下了一根樹枝，無目的地揮動：「我總覺得，整件事，和那面鏡子有極大的關係——陳長青還不知道有這面鏡子的事，要是他知道了……」

衞斯理實在不能想像陳長青要是知道了有那樣一面寶鏡的話，會有什麼反應。

衞斯理曾單獨處理過，也和白素一起合作經歷過許多稀奇古怪的事，像這次那樣，雖有突破的情形，也屢見不鮮。可是卻不像這次那樣，茫無頭緒。

這次事情的茫無頭緒，自然和幾個當事人的態度有關。

李宣宣什麼也不說，祖天開也並非知無不言，至少他和王老爺，當年是如何把那面寶鏡弄到手的經過，他就沒有透露。

這雖然是幾十年前的事了，可是事情的前因後果，也有一定的影響。看來，只有寄望在王大同身上，希望天大同醒過來，就容易明白事情的真相。

衞斯理把這一點提了出來，白素嘆了一聲：「王大同受傷之後，李宣宣一直在病房之中，她坐在病牀之旁，一動不動，偷拍下來的影帶証明，她一坐可以一兩小時不動。一個人若不是心中有極度深切的悲哀，斷然不會這樣！」

白素說到這裡，略頓了一頓：「我之所以相信她，覺得你們的行動太過分，也是基於這個原因！」

衞斯理長嘆一聲，摟住了白素的腰——他們一面討論著，一面在山中漫步，並不急於回家，一路走下山，竟用了一小時有餘。

而等到他們到家門口時，那已是他們離開之後，約兩小時之後的事了。離家門還有好遠，他們就看到，門口停了好幾輛車子，包括一輛警車在內。

衞斯理皺眉：「怎麼監視王家大宅的幾路人馬，都集中到這裡來了！」

白素失聲道：「出事了！」

衞斯理點頭：「不是小事，是大事！」

他們正說着，大門打開，陳長青衝了出來，還在向屋子中嚷叫：「你們在這裡慢慢等吧，哼，守株待兔，我要行動，去找他們！」

在他叫嚷的時候，衞斯理和白素已經疾步走向前，等到他一轉過身來，看到兩人離他不到一公尺，他的神情，又是古怪，又是尷尬。

衞斯理悶哼了一聲：「亂用成語！」

陳長青叫起來：「天！全世界都在等你們出現，你們到哪裡去了？」

白素淡聲問：「什麼事？」

陳長青還沒有回答，門口響起了一個很粗豪，但是充滿了悲傷的聲音：「大同……他死了！」

衞斯理和白素陡然一呆，推了陳長青一下，搶進了屋中。說「大同死了」的是祖天開，老蔡在他的身邊。小郭坐在一個角落，神色陰沉，黃堂背負雙手，在來回踱步。

衞斯理高舉雙手：「一個人說，黃主任，請你說！」

黃堂點了點頭：「你們走了之後，我到醫院去，醫院已經不讓我進病房——王大同情況惡化，正在進行緊急搶救，四十分鐘之後，搶救無效。」

祖天開在這時，又大叫了一聲：「大同！」

聲音之中的悲痛，聽了叫人心酸。

黃堂望向白素：「醫院方面、警方，都找不到王夫人，她到哪裡去了？」

白素的聲音很低沉：「不知道，我不知道！」

陳長青還是忍不住加了一句：「我使用X光機沒有結果，就接到了噩耗，立刻和開叔一起到這裡來了。」

衞斯理再次高舉雙手：「祇一個人說！黃主任！」

他一再強調要由一個人說，實在是由於事情太突兀，若是人人都說，七嘴八舌，根本說不清楚，而黃堂是一個很有條理的人，由他來說，是最適合的人選。

黃堂深深吸了一口氣：「警方在王大同的病房中，發現了一些不應有的裝置——」

他在這樣說的時候，神情有點陰森，衞斯理立刻知道他是指什麼而言，朗聲道：「那是我的主意，目的是想知道李宣宣的行爲。」

黃堂一昂頭：「結果怎樣？」

白素代答：「她只是在病牀旁靜坐，完全是一個傷心欲絕的妻子。」

她在這樣說了之後，略頓了一頓，又補充了一句：「我曾有過類似的經歷，所以我知道那是一種自己已經不再存在的感覺！」

衞斯理自然而然，伸出手去，與白素緊握。

白素說的這段經歷，在當時，過去了沒有多久——她說及往事，在死活不知的衞斯理身旁，守候了六年之久。衞斯理那時在天堂——天上方七日，人間已千年，這段經歷，記述在「頭髮」這個故事之中。

黃堂所提及的「不應有的裝置」，自然是指衞斯理要白素去安置的攝錄設備，看來黃堂並沒有對別人說起過，所以各人都有訝異之色。衞斯理三言兩語，就解釋清楚了。

黃堂又道：「也虧得有了這個裝置，王大同臨死之前的一些情形，應該也被記錄了下來，對了解整件事，我相信有重大的作用！」

黃堂一面說，一面打開了一隻皮箱，取出了一架微型攝錄機：「我沒有看內容——這機器十分精細，我不熟悉，怕弄壞了它！」

白素和衞斯理異口同聲：「謝謝你！」

黃堂道：「我可以觀看內容？」

衞斯理道：「當然可以，大家一起看！」

在白素取出錄影帶，推進一架螢幕顯示儀的時候，衞斯理的心情，大是緊張，因爲記錄下來的情形，有可能是珍貴之極的資料。

陳長青也興奮莫名，不什地在跳來跳去，而且自己斟了一大杯酒，咕嘟咕嘟地喝著。

陳長青不但喝酒，而且發表議論：「要是有人當年在愛恩斯坦的病房中，也裝上這樣的攝錄機，那就好了！」

衞斯理自然知道他這樣說是什麼意思——自有人類歷史以來，最偉大的科學家愛恩斯坦，彌留之際，曾有短暫的時間，迴光返照，說出了一大段話，當時在他身邊的，只有一個護士。

愛恩斯坦用德語說那段話，而那個護士只會英語。所以愛恩斯坦臨死之前，留下了一段什麼遺言，也就成為永遠的謎了！

白素在按下了幾個鈕掣之後，作了一個「請看」的手勢，螢幕亮起，角度不是很好，但是也可以看到大半病房，牀在畫面的正中。

一開始時，一個護士正走出去，接着，便是在病牀上的王大同，身子在不住地抽動，動作的幅度漸大，可以清楚地看到，他面部也在抽搐，張大了口，眼皮跳動。

祖天開在這時，罵了一句髒話：「醫院裡人都死光了？大同要醒過來了！」

祖天開的話才一出口，就看到王大同的雙眼，陡然張了開來。

他一睜開眼，就雙手亂伸，挑掉了插在他鼻孔中的管子，掙扎着想要坐起來。

一個連日來傷重昏迷的人，忽然有了那麼劇烈的動作，即使是在事後，透過錄影帶來觀看，情景仍然詭異，令人遍體生寒。

而且，王大同的神情，恐怖之極，顯然他正處於極度的驚怖之中——這和他闖禍之前的情形，十分相似。

後來，衞斯理和原振俠醫生討論，原振俠以他的專業知識解釋：「不論王大同昏迷了多久，他一醒過來，思想、情緒，完全和他昏迷的那一剎間銜接，也就是說，他根本不知道自己在醫院中躺了多久，還只當自己是駕車出事的那一剎間！」

原振俠的剖析，自然合理之極。

王大同轉動着頭部，四面看看，像是想看清楚他是處於什麼環境之中。

祖天開看得雙手握拳，格格作響。而王大同的喉嚨，也發出類同的聲音來。他張大了口，不知是在呼氣還是吸氣，陡然之間，他發出了一下嗥叫聲，叫出了一句話來：「她從陰間來！」

叫了這一句之後，他又吸氣，再叫：「我不信，我不信，我不信她從陰間來！」

王大同那時，發出來的聲音，悽慘嘶啞，難聽之至，可是他叫的話，每一個字，人人都可以聽得清清楚楚！

接下來，病房門打開，一個護士大驚失色指著王大同，王大同忽然坐了起來，而且抬手指向護士，再叫：「你信不信？我不信！」

叫完了這一句，他向後倒去，更多的醫務人員衝進來，進行急救，可是紛擾了一陣子，一個醫生撫下了王大同的眼皮，王大同死了！

所有看到這種情景的人，都屏住了氣息，衞斯理向白素作了一個手勢，白素把錄影帶又放了一遍。陳長青首先打破沉寂：「天！他在說誰啊，誰從陰間來？」

小郭冷冷地道：「當然是李宣宣！」

衞斯理想起搜尋時發現的那張紙上，寫滿了「我不相信」，可知王大同是早知道其妻子李宣宣來歷的，（許願鏡告訴他的！）只是他不相信。而李宣宣的來歷是：從陰間來！

什麼叫「從陰間來」呢？幾乎沒有人可以說得上來，這是爲什麼有一段時間，人人都不出聲的原因，那使人迷惘，不能理解！

從陰間來，照最普通的說法，那當然是鬼了！當各人都這樣想的時候，白素用極其肯定的語氣道：「不，她不是鬼，是人！」

是人，怎麼又會是從陰間來的呢？

祖天開嗓子又粗又啞：「我早說她不是人，是妖，是怪，我早說過！」

衞斯理向他做一個手勢，示意他鎮定。

黃堂疾聲問：「重要的是，她到哪裡去了。」

陳長青一頓足：「她從陰間來，當然到陰間去了！」

各人都瞪着陳長青，陳長青說的雖然是氣話，或者是戲語，但是却也給了衞斯理靈感——在記述這個故事時，把它分成兩個部分。

前一個部分叫「從陰間來」，後一部份，順理成章，叫「到陰間去」。

在前後兩部之間，會有一段長時間的間隔——那很好，各位朋友可以各自根據自己的想像力，去作各種設想，據說，這是西方小說的一種新創作法，作者根本不提及故事的最後發展。

衞斯理故事，當然不會沒有結果，但給讀友自己去設想，再看看和事實的發展是否吻合，也是看故事的新樂趣，一切發展，自然都記述在「到陰間去」那一部分之中！

——完——

（**本書續集《到陰間去》將於九一年九月出版**）

勤+緣出版社書目

經濟日報叢書

1 高官厚錄　陳毓祥等訪問錄（二版）
2 力爭上游　姜趙玉蓮著（一版）

寫真小說系列

1 還似無情　張寶兒著（二版）
2 嫁後　張寶兒著（二版）
3 撲蝶　張寶兒著（一版）

奇幻系列

1 轉世　余　過著（二版）
2 隔世冤　寬　齋著（一版）
3 殘酷蜜月　余　過著（二版）

衛斯理科幻系列

1 電王（三版）
2 黃金故事（二版）
3 從陰間來（八版）
*4 到陰間去
*5 遊戲
*6 生死鎖
*7 通神

倪匡科幻系列

1 消失女神（五版）
2 離魂奇遇（六版）
3 困獸（二版）
4 夜光（二版）
5 神話世界（四版）
*6 妖偶
*7 四條金龍
*8 飛焰
*9 魔像

* 即將出版

多情系列

1 三生石 孔 昭著（一版）

2 今夜沒有約 嚴 沁 梁鳳儀 等著（二版）

3 絕對討厭的女孩 羅穎思著（一版）

嚴沁浪漫小說系列

1 夏之迷惑 （二版）

*2 無情谷

智慧系列

1 墨趣 謝宏中著（一版）

*2 箴言精選 何文滙著

*3 王子復仇記 何文滙著

實用系列

1 兩餸一湯（一） 李曾鵬展著（二版）

2 居室風水 芳草軒著（二版）

*3 風水新講場 宋韶光著

*4 兩餸一湯（二） 李曾鵬展著

* 即將出版

梁鳳儀散文系列

1 財來自有方（三版）
2 誰可叮嚀（三版）
3 再戰江湖（三版）
4 不記當年（三版）
*5 心想事成

散文系列

1 不甘寂寞　邵國華著（二版）
2 八方羣英　岑逸飛著（一版）
*3 廣告高興坊　潘啟迪著
*4 過眼雲烟　林洵著

梁鳳儀財經小說系列

1 醉紅塵（九版）
2 九重恩怨（九版）
3 花魁劫（七版）
4 信是有緣（五版）
5 鎖清秋（五版）
6 惆悵還依舊（五版）
7 飛越滄桑（五版）
8 異邦紅葉夢（五版）
9 笑春風（五版）
10 昨夜長風（五版）
*11 誓不言悔
*12 激情三百日
*13 今晨無淚
*14 花幟
*15 強人淚
*16 豔藍天
*17 有鳳來儀
*18 當時已惘然

* 即將出版

親愛的讀者們：

希望你們會喜歡勤+緣出版社的書籍。我們努力從事出版事業，若要有理想成績，必須獲得你們的支持、指導和勉勵！

尊重讀者的意見是我們工作的宗旨，因為沒有你們的關懷，我們不可能進步。懇請你們把以下的表格填寫，剪寄：香港德輔道中61號華人銀行大廈1108室，勤+緣出版社收。

我們也會定期跟讀者保持聯絡，向你們報導有關本港暢銷書的出版情況、勤+緣出版社的新書以及聯同屈臣氏書店或香港各大書店舉辦的讀者活動。敬祝

身心愉快！

梁鳳儀

一九九一年一月一日

敬請讀者填寫以下表格

逕寄：香港中環德輔道中61號華人銀行大廈1108室
勤+緣出版社收

姓名：________________

性別：________ 年齡：________

地址：________________

____

電話：（公司）________________

（住宅）________________

傳真號碼：________________

意見：________________

____

勤+緣出版社